捨てられた娘の愛の望み

エイミー・ラッタン 作

堺谷ますみ 訳

ハーレクイン・イマージュ

東京・ロンドン・トロント・パリ・ニューヨーク・アムステルダム
ハンブルク・ストックホルム・ミラノ・シドニー・マドリッド・ワルシャワ
ブダペスト・リオデジャネイロ・ルクセンブルク・フリブール・ムンバイ

NURSE'S PREGNANCY SURPRISE

by Amy Ruttan

Published by Harlequin Japan, a Division of K.K. HarperCollins Japan, 2025

エイミー・ラッタン

カナダのオンタリオ州トロントの郊外で生まれ育つ。憧れのカントリーボーイと暮らすために大都会を飛び出した。2人目の子供の誕生後、ロマンス作家になるという長年の夢をみごとに実現。パソコンに向かって夢中で執筆しているとき以外は、3人の子供たちの専属タクシー運転手兼シェフをしている。

主要登場人物

シャロン・ミサシ……………看護師。
テレーサ・ゴンサルヴェス……シャロンの祖母。愛称アブエラ。
マリア…………………………テレーサの介護ヘルパー。
ドクター・ペレス……………シャロンの主治医。
アグスティン・ヴァレラ……形成外科医。愛称ガス。
アーヴァ………………………ガスの母親。
ハーヴィエル…………………ガスの継父。
サンドリーヌ…………………ガスの異母妹。
ディエゴ・サントス…………サンドリーヌのボーイフレンド。
ルイーサ・ヴァレラ…………ガスの亡き妻。

1

スペイン、バルセロナ

「シャロン、例のハンサムな男性がまたあなたを見てるわよ」

シャロンは本から顔を上げて、友人が示すほうを見た。アンジェリーナとは同じ部屋に泊まり、ホテルで開催中の医学会議に出席していた。バーカウンターに座った男性が目に入ると、心臓が飛び跳ねた。

今週はどこへ行っても彼に出くわす。ホテル内のエレベーターで初めて出会ったとき、男性はガスと名乗った。いくつかのワークショップで同席したので、彼が医療関係者なのは確かだ。

ワークショップの場でよく話したし、終了後はいつも意見交換をした。彼に会うたびにわくわくする。あれほどハンサムな男性は初めて見た。

だがこの会議は仕事だ。遊びではない。シャロンは自分に言い聞かせた。でもきらめく黒い瞳のガスに会うたびに心の奥が少しとろける。

彼を見ると、およそ自分らしくない気持ちになり、自分らしくないことを考えてしまう。

アンジェリーナがにんまり笑って、シャロンを肘で突いた。「明日は帰るんでしょう。ぜひとも、その前に彼と話をしなきゃね」

「もう何度か話したわ」

「話したの？」アンジェリーナは驚いたらしい。

「いくつか同じワークショップに出席したのよ。感染管理とか、麻酔後のケアとか……」

「じゃあ、彼も医師か看護師なのね？」

シャロンは肩をすくめた。「さあ、どうかしら。

わかっているのは、南米の人だということだけ」

「彼がそう言ったの？」

「いいえ。でもお互い、しゃべるスペイン語のアクセントが似ていると気づいたの。彼のほうが、より私の母方の家族みたいなスペイン語だったけど。私のはニューヨーク訛《なま》りが入っているから」ただし彼には、自分がアルゼンチンの南端フエゴ島の生まれだとは打ち明けなかった。その後ニューヨークに引っ越したので英語も話せるし、父がイタリア人なのでイタリア語も話せる。仕事であちこち行くので何カ国語か話せるのは便利だと言うと、ガスは感心した。とはいっても、個人的な話はあまりしていない。

ここへ来たのは、そんな話をするためではない。

それなら、仕事以外で、ここへ来た目的は何？

ガスは本当に久しぶりに目に留まった男性だ。少しは楽しんでもいいのでは？

シャロンはかぶりを振ってその考えを払いのけた。首から上へほてりが広がっていく。どうか頬が赤くなっていませんように。もともと会議のあとバルセロナで二、三日休暇を過ごすつもりだった。ひとときの情事を楽しみたいなんて本気で思ったわけではないけれど、最近はやや物足りない気分なのだ。

人生に変化を求めている。生きているという実感が欲しい。

行きずりのハンサムな男性とのひとときの情事が、日常からかけ離れた変化なのは確かだ。

私に限っては、生涯をともにする理想の男性は現れないとわかっている。そんな男性は求めていない。永遠に続く幸せや愛など信じていないのだ。

今夜は特にすることもない。

最後に一度だけ、彼と夜をともにしてもいいかも。

ガスは見ず知らずの他人ではない。名前を知っているし、聡明《そうめい》で穏やかで医学と真剣に向き合う人だとわかっている。つまり好ましい人物だ。

「もう知り合いなら、早く行って話をしないと！」

アンジェリーナがせかした。

「それはちょっと……」シャロンはためらった。

「じれったいわね。休暇中の情事を一度は経験してみたいと言っていたじゃない。今がチャンスよ。今夜は正看護師シャロン・ミサシの殻を脱ぎ捨てて、彼を誘惑するの」

「誘惑？　そんなことできないわ」

「できるわよ。彼は明らかにあなたを気に入ってる。あなただって、彼のどこを取っても気に入らないところなんてないでしょう？」

アンジェリーナの言うとおりだ。ガスは外見がいい。たくましい長身。濃い茶色の豊かな巻き毛。ブロンズ色の力強い顎。でもエレベーターの中で初めて出会ったとき、シャロンが惹《ひ》かれたのは彼の目だ。きらめく黒い瞳は、もう君しか見えないとばかりに、これからもっとすばらしい何かが待っていると約束するかのように、シャロンをひたと見つめた。その視線に陶然と引きこまれ、体が熱くなった。

それ以来、見つめられるたび、心の奥がとろける。

毎回、必ず、ほんの少しだけ。

ただ、ガスの自信満々な外見の裏には、どこか悲しげな色がほの見える。シャロンはそこにも惹かれた。二人には奥深い共通点がある気がする。それが何かはわからないし、探り出す時間もないけれど。

たとえ彼がどれほどハンサムで魅力的でも、キャリア第一の私には男性に割く時間がない。短期間つき合った数少ない男性たちもその点に文句を言った。

男性とつき合えないのは、愛の弊害を知っているせいもある。もし誰かを深く愛したら、その相手を失ったとき自分と周囲の世界が崩壊してしまう。愛する伴侶を失ったとき、子供を見ると伴侶を思い出してつらいという理由で自分の子供を捨て去った親さえいるのだ。

子供時代の記憶がよみがえって、シャロンの心は暗くなりかけた。

私には、ロマンスは不要よ。

それならなぜ、ガスは特別だと感じるの？　彼となら、危険を冒してみたいと思うの？

わからないけれど、試してみたい。

どうせ一夜限りだもの。私はすぐにバルセロナを発《た》って次の職場へ行く。彼もどこかへ去っていく。

シャロンは読んでいた本をバッグにしまい、飲み物を手に取った。アンジェリーナの無言の声援に背中を押され、小さく身を震わせてから混雑したホテルのバーを彼に向かって進む。

ガスは黒い瞳をきらめかせ、にっこり笑った。そして額に垂れた巻き毛をかきあげた。

「ガス？」呼びかけた声が緊張で上ずっていませんようにと祈る。

「やあ、シャロン」ガスが明るく応じた。

彼は私の名前を舌で転がすようにささやく。そんなふうに呼ばれるとなんだか嬉《うれ》しい。「ご一緒してもいいかしら？」

「もちろん」ガスは立ちあがり、隣のスツールを引いた。コロンがほのかに漂う。さりげないさわやかな香りだが、それでいて男っぽい。

また顔がほてりだし、シャロンは咳払《せきばら》いしてスツールに座った。落ち着こうと彼に背を向け、声が震えないように気をつけて言う。「ありがとう」

なぜガスがそばにいるとそわそわするの？　彼の何が特別なの？

「バルセロナを楽しんでるかい？」

「すばらしい町ね。あまり見ていないけど。ずっと仕事が忙しくて」シャロンは肩をすくめた。

「わかるよ。僕も仕事が生きがいの口だから」

「それって、ちょっと寂しくない？」

「確かに」

「ええっと、もう一杯飲まない？」

「ああ、いいね」ガスはウエイターに合図した。

「これまでは仕事以外の話をする機会が……」やってきたウエイターを見て、シャロンは話の途中で口ごもった。ウエイターは汗をかいている。今日は冬にしては暖かいが、汗だくになるほど暑くはない。ガスも気づいたらしく、鋭く目を細めた。

「大丈夫？」シャロンは尋ねた。

「大丈夫です」ウエイターは答えたが、足がもつれて体が傾いていく。

「大丈夫じゃなさそうだ」ガスが立ちあがった。

「お客様《セニョール》……」ウエイターは顔をゆがめると、よろめいてがくんとくずおれた。

ガスが彼を床に寝かせ、シャロンはそばにひざまずいた。「どうしたのかしら？」

「心臓発作だろう」ガスは呼吸をチェックしている。

「お医者さんなの？」

「ああ《シ》」ガスが眉をひそめた。「息をしてないぞ」

さっそく心臓マッサージを開始し、シャロンに救急車を呼ぶよう指示する。ホテルのスタッフが駆け寄ってきて、彼女に除細動器《AED》を渡した。シャロンは急いでAEDをセットし始めた。

ガスが目を上げた。「何をしてるんだ？」

「実は正看護師なの。救急外来での緊急度判定《トリアージ》の経験も豊富よ」

「すばらしい」一つうなずいて、ガスは心臓マッサージを続けた。

シャロンが患者の胸に電極パッドを貼り終えると、ガスはマッサージの手を止めた。

「みんな、離れて」誰も患者に触れていないことを確かめてから、シャロンはAEDのボタンを押した。

電気ショックが流れたあと、心臓マッサージを再開するよう音声の指示が出る。

この一連の流れを繰り返すうちにウエイターの心

臓が動きだした。救急車が到着し、ガスとシャロンは患者を病院へ搬送する隊員たちにあとを任せた。

「医師のいるバーで発作を起こすとは運がよかったわね」シャロンは言った。

「ああ。誰もがこれほど幸運ではないが。どこかほかで飲み直すかい?」ガスがきいた。

「ええ、ぜひ」興奮を静めるためにも一杯飲みたい。

ガスが何か言いかけたとき、携帯電話が鳴った。

彼は顔をしかめて画面を見ると小声で悪態をついた。

「すまない。急ぎの用事が入った」

「了解。私のことは気にしないで」がっかりだけど。

「一時間後にディナーに行くのはどう? 近所にいい店を知っているんだ。もし忙しくなければ」

「今夜は暇よ」

「よかった。それじゃあ、海岸通りの〈カフェ・パシフィカ〉で八時に」

「オーケイ」シャロンはすぐさまうなずいた。

ガスがさらに近づいてくる。女性にしては長身の百七十五センチの私が、相手を見あげるのは珍しい。なぜか胸が高鳴って、カーディガンをきつく体に巻きつけた。

「では、またあとで」ガスがかすれ声でささやいた。

謎めいた何かを約束するような声を聞くと、膝から力が抜けた。その一言で、あらゆる可能性が頭に浮かんだ。

永遠と思われるくらい長くガスは目の前に立っていたが、やがて彼女を残し、バーを出ていった。

シャロンは深く息を吸って心を落ち着けた。

彼のせいで、これまでになく胸がざわついた。嫌なざわつきではないけれど、彼に興味をそそられる自分が少し怖くもある。ディナーには行かないほうがいいかもしれない。

いいえ、行くべきよ。一夜限りの情事を楽しむチャンスだわ。あとくされのない情熱の夜。危険を冒した遠い日の思い出として、いつか懐かしく振り返る過去の一ページになるはず。

行っても、何も害はないでしょう?

ディナーに誘ったのは大きな間違いだった。彼女は来ないだろう。いったいなぜ誘う気になったのか、アグスティンは自分でもわからなかった。

普段なら、たまに気軽なデートはしてもそこに深い意味はない。永遠に続く幸せを見つけたいとは思っていない。そんな幸せは一生に一度で十分だ。かつて妻を愛したように、また誰かを愛することなどとうてい考えられない。妻が亡くなったときに感じた苦痛や何もできないという無力感は、もう二度と味わいたくない。

だからブエノスアイレスを離れて、世界最南端の都市ウシュアイアでクリニックを開いた。

過去はすべて忘れ、新たなスタートを切ったのだ。

時折デートした女性たちは美人だったが、自分と共通点はなかった。シャロンは美しいだけではない。彼女には、ほかの誰とも違う特別な何かがある。初めてワークショップで同席したとき、そう気づいた。彼女の話すスペイン語にはアルゼンチン訛りがある。僕同様、アルゼンチン生まれなのか?

それが気になって仕方がない。

とはいえ、シャロンの故郷を知りたいわけではない。彼女には近づかないよう努めてきた。だが距離を置くのは難しい。シャロンは知識豊富で頭が切れ、美人でセクシーだ。栗色《くりいろ》の柔らかそうな長い髪をいつも後ろで束ねている。あの髪をほどいて指で梳《す》いたら、あのピンクの甘そうな唇にキスをしたら、どんな感じがするだろう?

正直、しょっちゅうそんな空想にふけっている。そして彼女がほほ笑むとき、灰色の瞳は僕だけを見つめ、小麦色の肌にはかすかに朱が差す。そんな笑みを向けられたら、わくわくせずにいられない。

これほど女性に惹かれるのは本当に久しぶりだ。亡くなった妻以来だから十年ぶりになる。

シャロンのお堅い外見の下には情熱的な女性が潜んでいて、いくら高い防御壁を築いていても、その謎めいた魅力に惹きつけられてしまう。しかも彼女は、僕が誘いかけても一ミリもなびかないように見える。だからますます気になる。

ここへは仕事で来たんだ。火遊びをするためではないだろう。アグスティンは自分を戒めた。

一年前に父が亡くなり、異母妹のサンドリーヌの面倒を見るようになって、僕の世界は再び大きく変わった。今はいろいろ苦労している。

今回のスペインでの医学会議出席は、故郷のフエゴ島に開設した富裕層向け形成外科クリニックの認知度を上げるためでもあった。ジェット族がぜひあそこで手術を受けたいと自家用機で乗りつけるような、最高級クリニックをめざしているのだ。

まさか短期滞在中のホテルで、これほど心惹かれる女性に出くわすとは思いもよらなかった。しかも、その後何度も顔を合わせた。

シャロンがバーで一緒に飲もうと言ってくれたときは嬉しかったが、折悪くウエイターが心臓発作を起こした。しかし彼女は即座に行動し、僕との連係プレーで冷静に円滑に応急処置を進めた。ウエイターが命を取りとめたところで、今度は異母妹からメールが来た。サンドリーヌは、僕がブエノスアイレスの寄宿学校へ行かせたことも、ボーイフレンドのディエゴに会わせないことも不満で、また文句たらたらのメールをよこしたのだ。

シャロンと知り合うせっかくのチャンスを逃したくなかったから、僕は彼女をディナーに誘った。仕事以外の話もしてみたい。

そう思う一方で、深く知り合うのをためらう気持ちもある。それでも、やはり来てほしい。

石畳の道にヒールの音が響くたび、長身で髪が栗色の女性が目に入るたび、心臓が止まりかける。

まだ希望は捨てていないが、シャロンは本当に来るだろうか？　僕たち二人は、旅先で出会った行きずりの他人同士にすぎない。

「ハーイ」不意を突かれ、驚いて声のほうを見ると、ピンクのコットンドレス姿のシャロンがテーブルの横に立っていた。フラットシューズを履いていたので気づかなかったのだ。束ねずに下ろした栗色の長い髪がノースリーブの肩に流れ落ちている。

あまりの美しさに一瞬息をのみ、それから礼儀を思い出して立ちあがった。「来てくれたんだね」

「行くと言ったでしょう」シャロンは愛らしく小首をかしげた。「約束を破ったりしないわ」

「それを聞いて嬉しいよ」彼女のために椅子を引いたとき、手の甲がベアバックの背中をかすめた。素肌と素肌が軽く触れ合っただけで、アグスティンの全身を電流が駆け抜けた。

「遅れたなら、ごめんなさい」

「いや、遅れていない。それに遅れたって全然かまわない」一晩中でも待っていたさ、とまでは口に出さなかったが。今はただシャロンがここにいるのが嬉しい。向かい合って座り、月光に照らされた彼女をひたすら見つめる。見つめずにいられない。

「こぢんまりしたすてきなカフェね。バルセロナは前にも来たことがあるの？」

「ああ。ここはお気に入りの場所だ。君はバルセロナに来てどれくらいになる？」

「一週間よ。会議のためだけに来たの」

「僕も同じさ。会議のための小旅行だ」

シャロンは苦笑してうなだれ、手で顔を覆った。

「こんなにつまらない会話、初めてよ」

「まったく、実に退屈な話題だ」彼は低く笑った。

「でも仕事は退屈じゃないわ。仕事が好きなの」

「ウエイターが倒れる前も、その話をしていたね」

「彼は元気になった？」シャロンが静かに尋ねた。

彼女の思いやりの深さにアグスティンは感心した。

「大丈夫だ。君の対応は見事だった」

「大したことないわ。応急処置は慣れているの。しかも、ドクターがついていていたし」

「なるほど。だが、もう仕事の話はやめよう」

「賛成」

仕事が生きがいの人生が長く続きすぎた。妻がいたころは、仕事と私生活のバランスをとることができた。しかし妻が亡くなると人生のすべてを仕事に捧《ささ》げ、その結果燃え尽きてしまった。

アグスティンは姿勢を正した。妻の話はしたくない。彼女のことは考えたくもない。

今夜、この場では。

ウエイターが現れ、アグスティンは二人分のワインと小皿料理《タパス》をいくつかオーダーした。

「君の分まで注文したが、かまわなかったかな？」

「もちろん。何がおいしいか、あなたは知っているはずだもの。信じて任せるわ」

「よく旅行するのかい？」

「ええ。でも遊びじゃなくて」彼女は頬を染めた。「仕事でね。だけど仕事の話はしない約束だから」

アグスティンは思わず笑った。「そのとおり」

シャロンは本当に愛らしい。

「よく思うの。休暇を取って、しばらく会っていない家族を尋ねようかと」

「思うなら、なぜそうしないんだい？」

「さあ、なぜかしら」頬の赤みが増したようだ。

「真剣には考えていないのかも」

「考えたほうがいいかもしれないぞ。魂には、ときに休暇が必要だ」

「まあ、あなたが詩人だったとは知らなかったわ」

「からかっているのか？」アグスティンはテーブル越しに身を乗り出した。「僕にはさまざまな面があるんだ。長くとどまってくれさえすれば、この心の深層まで知ってもらえるのに」

「ガス、長くとどまれと脅迫するつもり？」

「脅迫したら、とどまるかい？」彼の目が輝いた。

「私のことなんか知らないくせに。怪物かもしれないわよ」彼女はますます頬を紅潮させた。

「怪物なのか？」

シャロンは笑みを浮かべたが答えなかった。ウエイターが現れてワインをつぎ、また去っていった。アグスティンは、ワインを飲むシャロンに見ほれた。そしてつかの間、彼女の唇が触れたワイングラスになりたいと願った。

「君が怪物とは思えない。君ほど美しい女性に出会ったのは初めてだ。もっと会って、君を知りたい」

「あなただって、すぐにスペインを発つでしょう」

「ああ……だが、君は本当に美しい」

「外見の美はうわべだけのものよ」

「わかっているが、君には外見以上の何かがある」

「あったとしても、その何かはあげられないわ」

それもわかっているが、もっと彼女を知りたい。そしてそんな気持ちを少し恐ろしく感じる。妻のルイーサと妻のお腹《なか》にいた子を失って人生が砕け散ってからは、僕自身、誰にも心を開きたくないのに。運命がまた残酷な仕打ちをするかもしれないから。

シャロンは危険だ。二度と心が傷つかないよう築いた防御壁が崩れたら困る。それでも彼女には特別な何かがあって、惹きつけられずにいられない。ひょっとして、僕はただ寂しいだけなのか？

アグスティンはその考えを打ち消した。

「何ももらえないのは承知の上だ」彼はすばやく言い返した。「僕も、誰ともつき合う気はない。ただ……君をもっと知りたいんだ。シャロン、君に惹かれている。その気持ちは否定できない」

彼女はほっとしたように見えた。「ガス、私もあなたに惹かれているわ。ただ……」

「ただ、なんだい？」

愛らしい頬にまた赤みが差してきた。「この手のことには不慣れで。あまり得意じゃないの」

「僕は得意だよ」アグスティンは顔をほころばせた。

シャロンがうつむくと、長い髪が上気した頬を包みこんだ。あの髪を払いのけて顎を持ちあげ、目と目を合わせたい。驚いたことに、僕は終始、彼女に触れたくてたまらないのだ。

「得意なの？」シャロンはそっとささやいた。

「ああ。だから今夜は一緒に楽しもう。先の約束も深い話もしない。町を見てまわるんだ。スペインを発つとき、会議の記憶だけでなく、この美しい町の思い出を持ち帰れるように」

シャロンが目を輝かせてほほ笑んだ。「名案だわ。そうしましょう」

二人はワイングラスを上げて、この決定に乾杯した。バルセロナの見どころ全部を彼女に見せてあげたい。どうやって自分の心を守るか。どれほど彼女が欲しいか。そんなことは考えずに、ただ一夜の観光を楽しもう。もし途中でひとときのロマンスに身をゆだねる展開になっても、あえて避けはしない。

シャロンに永遠を約束はできないけれど、彼女も永遠は求めていないようだからその点は安心だ。

本当は、永遠に続く幸せをもう一度得たい。アグスティンはひそかにそう願っていた。心にぽっかりとあいた穴を、家族と愛と永遠で埋めたい。ところが、そのために心を開く勇気が出ない。

もう二度と愛を失う苦しみを味わいたくないから。

だから今夜一晩で満足するしかないのだ。

2

こんなに楽しいのは久しぶりだった。

実際、普段のシャロンの生活に楽しみはほとんどない。仕事をして家へ帰るだけ。友人も何人かはいるが、人を信じて心を開くのは難しい。心の拠《よ》り所《どころ》は世界を渡り歩いて働く正看護師としての仕事だ。

だから会議で出会った見ず知らずの他人と出かけるなんて、とても珍しい。でも心が解き放たれて愉快だった。ガスとはワークショップで意気投合したが、この外出のほうがさらに楽しい。

いつも前もって完璧な計画を立てておきたいシャロンにとって、相手に合わせて流れに身を任せるのは勝手が違う。ましてや、相手はろくに知らない男性だ。でもガスなら安心できる。

そして彼に不安を覚えない自分が少し怖かった。

大丈夫。深呼吸してリラックスすれば問題ないわ。今夜は、生きていると実感するチャンスなのだ。

将来、結婚して腰を落ち着けるつもりはない。短期勤務の看護師として世界をさすらう人生が気に入っている。誰にも失望させられず、誰も失望させない人生だ。たとえ少々寂しくても。

今夜はいつもの私らしくない展開だけれど、やはりここへ来てよかった。このひとときは一生の思い出になるだろう。

あのとき私は確かに生きていたと言える思い出に。

〈カフェ・パシフィカ〉で小皿料理《タパス》とワインを楽しんだあと、シャロンはガスに連れられてバルセロナの弾丸ナイトツアーに出発した。

シャロンが育ったニューヨーク同様、バルセロナも眠らない町だ。

街路は夜も明るく、音楽と笑いにあふれている。

今までの私は、いったいどれくらい長く眠り続けていたのだろう。

「どこへ行きたい？」活気に満ちた通りを歩きながらガスがきいた。

なんだか人込みに酔ってしまいそうだ。「ええっと……どこか静かなところはある？」

シャロンが大勢の人の群れにややおびえていると察したのか、ガスは彼女のウエストに腕をまわした。薄いコットンドレス越しに彼の発する熱が伝わってくる。背のくぼみにあてがわれた大きな手が心地いい。守られている気がする。

守ってもらう必要などないはずよ。

そんな心の声をシャロンは無視した。

「ビーチはどうだい？　月の光に照らされた海辺を散歩できる。ボカテイ海岸がいいだろう」

ガスはタクシーに手を挙げ、止まった車の運転手に行く先を指示してからドアを開けた。シャロンを先に乗せ、あとから乗りこむ。狭いタクシーの後部座席で、硬い体が彼女に押しつけられた。

「海岸は込み合っていないかしら？」

「この時間なら日光浴目当ての連中はいないが、多少の人出はあるだろう。人込みは苦手かい？」

「苦手なわけないわ。ニューヨーク出身だもの」

「本当に？　ニューヨークっ子には見えないが。話すスペイン語のアクセントが、どこか別の……」

「実は、母が南米出身なの。そして私が幼いときニューヨークへ引っ越した。だから、ええ。本当の意味ではニューヨークっ子じゃないわ」

「やっぱりな。根っこは違うと思ったよ」

ガスに物憂げな笑みを向けられて、シャロンの胸はときめいた。「ニューヨークには、ろくな思い出がないし」彼女は笑った。

「では、出身地の話はやめよう。今夜は、悲しい思い出を語り合うために会ったわけじゃない」

シャロンは感謝を込めてほほ笑んだ。「それなら、なんのために会ったの？」

「楽しむためさ」ガスは顔をほころばせ、シートの背もたれに腕をかけた。たくましい腕に肩を包みこまれて、シャロンは心が和むのを感じた。「日没に間に合うかもしれないよ」

「間に合ったら、すてきね」

タクシーは中世の建物が立ち並ぶゴシック地区の狭い通りを曲がりくねって進み、広大なシウタデリャ公園の横を通り過ぎ、ビーチに沿って延びる石畳の遊歩道で止まった。

ガスの言葉どおり、海岸は人けがないわけではなかった。ビーチバレーボールの夕刻の試合が行われており、浜辺を散策する人もちらほらいる。

ガスとシャロンは波打ち際へ歩いていった。まずガスが靴を脱いで砂浜に置き、シャロンも脱いで隣に置いた。

幸い、ちょうど日没に間に合った。地中海に沈む夕日が、ターコイズブルーの水面と白い砂浜にオレンジ色の光を投げかけている。日の出や日の入りをじっくり眺める機会など長らくなかった。前回見たのがいつだったか思い出せないくらいだ。

「きれいだわ」シャロンはつぶやいた。

「ああ、きれいだ」

声のほうに目を向けると、ガスは夕日ではなく彼女を見ていた。熱い視線を浴びて体がほてりだす。この瞬間、シャロンはなぜかどぎまぎするばかりだった。それも、いつもの自分らしくない。波が素足の爪先を洗っていく。胸が高鳴り、自分が何を考えているのかわからない。

たった今、わかっているのは彼にキスしてほしいということだけ。

ガスが身を乗り出し、シャロンは目を閉じた。彼に腕を取られて引き寄せられると、みぞおちのあたりがざわめいた。口が乾いて、心臓が喉から飛び出しそうだ。彼の体も期待に震えている。

そうよ、こうしてほしかったんだわ。

ただし一度だけ。それ以上は困る。

「愛しい人《ケリーダ》、君にキスしたくてたまらない」ガスが低くささやいて、手の甲で彼女の頬を優しくなでた。

「私もそうしてほしくてたまらないわ」返す声が揺らいだ。これは間違いだとわかっている。これは私らしくない。早く逃げてと理性が告げている。ところが心の片隅で、これは正しいという声がする。

きっとこれはすばらしい体験になる。

たとえ一瞬でも経験する価値がある。

ガスが彼女の顎を軽く持ちあげ、目をのぞきこんだ。それから背をかがめてそっと唇を重ねた。たちまちシャロンの全身の血が沸き立ち、爪先までかっと熱くなった。くらくらするような興奮が体中を駆けめぐり、これ以上耐えられそうにない。

でももっと欲しい。

もっと先へ進みたい。

シャロンは彼の首に両腕をまわし、うなじの巻き毛に指を絡めて顔を引き寄せた。

そしてキスを深めた。

このキスにおぼれてしまいたい。

今夜一晩だけ、本来の自分を忘れたい。

シャロンは息をつこうと唇を離した。ガスに抱きしめられたままだが、まだ物足りない。もっと彼に近づきたい。

「ケリーダ」ささやきながら彼がまたキスをした。

「ホテルへ戻らない？」彼女はかすれ声で誘った。

「本気なのか？」

「ええ、本気《シ》よ」

「ケリーダ、それはちょっと……僕には今夜一晩以上の何も約束できないんだ。君は明日ここを発《た》つと言った。僕も数日中に国へ帰る。君とつき合うことはできない。それが君の望みだとしてもね」

「ガス、私は誰ともつき合う気はないの。今夜一晩が欲しい。それだけよ。だからホテルへ戻って、あとは成り行きに任せましょう。とにかく一晩だけ。永遠を求めてはいないわ」

ガスがうなずいた。二人は靴を履き、シャロンは彼の手を取って足早に通りへ戻った。タクシーを止め、ホテルへ向かう。

神経が張りつめていたが、どうしても思い出の一夜が欲しかった。

その一夜の相手は、ガスであってほしかった。

シャロンは神経が張りつめているようだ。

なぜかわからないが、アグスティンもぴりぴりしていた。妻の死以降、女性と一夜を過ごすのは初めてではないし、相手に特別な感情を抱いたことはなかった。ところが相手がシャロンだと何かが違う。それが何か、はっきり指摘はできないけれども。

彼女を守りたいと感じるのだ。

気を配って緊張をほぐしてあげたいと。そんなふうに感じることが怖い。誰に対してもそんなふうに感じたくない。もう二度と心を開いて誰かを愛するつもりはない。

そんなことはできない。

ただし、今夜だけはシャロンと一緒にいたい。

ビーチでキスしたひとときは、夢のようにすばらしかった。彼女を腕に抱き、しなやかな体を押し当てられただけで我を忘れた。ただ無我夢中でキスにおぼれた。

シャロンは僕を酔わせる。

ホテルへ戻ろうと誘われたときは胸が躍ったが、同時に不安を覚えた。彼女といると心をかき乱されて冷静さを失いそうなのだ。

タクシーの車内で、シャロンは無口だった。彼の部屋へ向かうエレベーターの中でも黙っていた。

アグスティンが部屋のドアを開けると、彼女は足を踏み入れたが、心もとない様子だ。

「シャロン、迷っているなら一杯飲んで話をするだけでもかまわないよ」

シャロンはすばやく彼を振り返った。「いいえ。これまで何回もこの状況で尻込みして、あとで悔やんだわ。いつも後悔してきたの」

「本当に本気なんだね?」

彼女はベッドの端に座った。「ええ。そして夜をともにする相手は、ガス、あなたであってほしい」

「これは商取引のようにはいかないよ」

「わかってるわ」当然でしょうという口調だ。

アグスティンは髪をかきあげた。「何か飲まないか? ワインならある」

「いいわね」

彼はミニバーからワイングラスを二脚取り出し、ワインを開けてつぎ分け、シャロンの隣に座った。

「ありがとう」彼女は一方のグラスを取ったが、つかむ手が震えている。

「気を楽にして」アグスティンは穏やかに言った。

シャロンが彼に笑みを向けた。「どうしても落ち着けなくて」

アグスティンはそっと彼女の顔に触れた。「本当に迷いはないんだね?」

シャロンはうなずいた。「百パーセント確かよ。ビーチでも言ったとおり、今夜以降あなたには何も求めないわ。二人は別の道を進む。私は今夜の思い出を持ち帰りたいだけなの」

それから彼女もアグスティンの顔に触れた。シルクのようになめらかな感触の指が彼の肌をかすめた。

アグスティンは彼女の手から空のグラスを取り、

テーブルに置いた。

彼女に関わるなと理性が叫んでいる。だがシャロンと目を合わせたとたん、彼はその瞳におぼれた。

彼女の体をじかに感じたい。

僕も、今夜一晩二人で過ごしたい。彼女がその相手に僕を選んでくれたことが誇らしい。

「君がやめたくなったら、いつでもやめるよ」

「優しいのね」シャロンはほほ笑んで、柔らかな唇で彼の唇をふわりとなぞった。

アグスティンは彼女の顔を両手で包み、キスを深めて彼女の甘さを満喫した。

やめるべきだと、深刻な危機だとわかっていた。だがシャロンが彼の首に両手をまわし、二人の体がベッドに沈むと、何も考えられなくなった。

一晩くらい、別に害はないだろう。

3

アルゼンチン、フエゴ島、ウシュアイア
五カ月後

そんなはずないわ。

ウシュアイアへ来て間もないのに。確かに、スペインを発《た》ってからずっと調子が悪かった。でも、こんな重大事を見逃すなんてありえない。

シャロンは便器のふたに座り、妊娠検査薬の判定窓を見つめていた。

これは計画外の事態だ。

ここへは祖母の世話をするために来た。そういう計画だった。スペインでの会議後の勤務地におばから電話があり、祖母が転倒して腰の骨を折ったと知らされたとき、私が行って面倒を見るのが最善の策だと判断したのだ。

この計画外の事態を——未婚で身重の体でここへ来たことを祖母にどう伝えればいいかわからない。

祖母はウシュアイアに一人で住んでおり、ニューヨークに住むおばには夫と子供がいる。

だから独身の私が進んで仕事を辞めて、アルゼンチン南端のフエゴ島へ飛んできたのだ。

私が困ったとき、〝おばあちゃん《アブエラ》〟はいつもそばにいてくれた。幼いころから人生の大半をアメリカで過ごしてきたシャロンだが、生まれたのはウシュアイアだ。生後両親に連れられて、おじとおばの住むアメリカへ引っ越し、母の死後、父が消えた。

その後はおばの住むアメリカと祖母の住むウシュアイアを行き来して育ち、旅好きな大人になった。

今回は、帰郷後数日で祖母の世話は延々と続きそうだとわかった。祖母は骨折の治りが遅いうえに記憶力も衰えていたのだ。

帰郷後二週間が過ぎ、シャロンはすっかり疲れ果てていた。この二週間、祖母の世話をするうちに自分の体調が悪化した。ただの風邪だろうと思ったが、吐き気や疲労感はなかなか消えず、さらにほかの変化も現れ始めた。

認めたくない変化が体に起こり始めたのだ。

そしてついに小さなスティックが陽性を示し、本当に妊娠しているとわかった。あまりに長い間、さまざまな兆候を無視してきた。なぜあんなことをしてしまったの？　人生で初めて誰かと一夜を過ごそうと心に決め、きちんと避妊もしたのに、妊娠するなんて。

「シャロン、どうかしたの？　仕事に遅れますよ！」祖母が一階から呼んでいる。

「はい、アブエラ」シャロンは狭い浴室でため息をついた。二階の部屋はほとんどシャロンが占有している。祖母はまだ階段をのぼれないのだ。そろそろ日中の介護ヘルパーがやってくる時間だわ。シャロンはまたぼんやりとスティックを見つめていた。

「今日は初出勤日でしょう。忘れたの？」祖母がたたみかけた。

そう、今日から新たな仕事に就くのだ。

祖母と自分の生活費、そしてヘルパーへの支払いのために働く必要がある。幸い、フエゴ島随一の高級形成外科クリニックに就職できた。この私営クリニックには世界中から患者がやってくる。

アブエラの言うとおりだわ。初出勤日に遅刻はしたくない。シャロンは階段を駆けおりた。

祖母は揺り椅子に座って窓の外を眺めていた。

「もう雪が降るなんて、なんだか早くないかい？」

シャロンも窓のほうに身を乗り出し、雪を見てうめいた。今、アメリカは夏だ。おばはフィンガー・レイクスの別荘へ向かうところだろう。私も行きたかった。一方、南半球のフエゴ島は冬なのだ。

「早くはないわ。今日は六月一日ですもの」

「そうそう、忘れていた」祖母はため息をついた。

アブエラは記憶力の衰えを気にしている。「大丈夫よ」シャロンは祖母の頭のてっぺんにキスをした。

「今日から、あの新しい立派なクリニックで働くんだろう？」祖母は話題を変えた。

「ええ。でも、できてから三年は経《た》っているわ」

「三年くらいじゃ、まだまだ新しいさ。ところで、妊娠してることをいつ上司に話すつもりだい？」

「なんですって？」シャロンは凍りついた。

「シャロン、とぼけるのはよしておくれ。私は年寄りで、冬が始まったことも忘れているかもしれない。だけど妊婦はすぐわかる。長年助産婦をしてきたからね」

「わ、私自身でさえ……今知ったばかりなのに」

「いつも忙しすぎたせいだろうね。世界中で仕事をして、今度はここで私の世話。気づかなくて当然さ」祖母はシャロンの手を取った。「ちなみに、来てくれてありがたいと思っているよ。かわいい孫がそばにいないのは寂しいものだ」

シャロンは揺り椅子の前にしゃがみ、祖母のやせた体を抱きしめた。「アブエラ、大好きよ」

「シャロン、私も愛しているよ。そして〝ひいおばあちゃん〟になる日を心待ちにしている。お腹《なか》の子はアルゼンチンで産むといい。何しろ、この国では医療費がただときてる」

シャロンはくすっと笑って立ちあがった。「さあ、仕事に行かなきゃ。もうすぐマリアが来て、私が帰るまでいてくれるわ」

祖母はうなずいた。「初日を楽しんでおいで。何があったか、全部聞かせてもらうのが待ちきれないよ。そして今夜は、その子の父親のことを洗いざらい教えてもらわないとね」

シャロンは胃がよじれそうになったが、冬のコートを着て家を出た。実際、祖母に教えることは大してない。バルセロナでの最後の夜をともに過ごした魅力的な男性、というくらいだ。

ガスは本当にすてきだった。別れるのはつらかったが、先の約束は何一つしなかったのだ。

シャロンは深く息を吸って、肺を冷気で満たした。祖母の家からクリニックまでは歩いてすぐだ。ただ坂を下りていけば町の中心部に着く。頭をはっきりさせるためにも歩くのは好都合だった。

雪が静かに舞い降り、遠くの山々は白い帽子をかぶっている。だが町と港には霧がかかっていた。

生まれ故郷に帰るのは久しぶりだったので、世界の果てに住むのがどんな感じか忘れていた。ここは幸せになれる場所だ。私の子供時代は悲劇の連続だったけれど、ここへ来るといつも幸せになれた。

住むには最高の場所に住み、国際レベルのクリニックで働けるなんて、人生に二度とないチャンスだ。この際、故郷に腰を落ち着けてもいいかも。

今後については、いろいろ考えて決断を下さなければならない。それに、なんとかガスを捜し出して妊娠を告げなければ。彼にとって私は一夜の情事の相手かもしれない。だがガスはお腹の子の父親だ。子供の誕生を知る権利がある。

二人がともに過ごした夜を思い出すと、シャロンの体は熱くほてった。

彼のキスは優しく、手は力強かった。甘美な愛撫《あいぶ》で私をとろけさせた。体の交わりは久しぶりだと話すと、大丈夫かと気遣ってくれた。それから私が先に歓《よろこ》びを得られるよう、忍耐強くゆっくりと事を進めてくれた。

あまりにすばらしい夜だったので、こんなに長くためらっていた自分が信じられなかった。でもそれは、あのバルセロナの夜まで、しっくりくる相手にめぐり合わなかったからなのだ。ガスに出会うまで待ってよかった。あの夜、本能に従い、思いきって冒険してよかった。

ただし、それで子供を授かるとは予想外だった。ましてや、きちんと避妊したはずなのに。シャロンはかぶりを振って、私的な問題を頭から振り払った。今日は仕事に専念しなくては。自分と祖母と、そして今や赤ん坊まで養う必要があるのだから。

実は、ひそかにわくわくしている。

予想外だったとはいえ、母親になるのが嬉《うれ》しくてたまらない。ずっと子供が欲しかった。でもキャリア第一で恋愛やデートに割く時間がない自分に、母親になるチャンスは訪れないとあきらめていた。

朝の冷気が頬を刺したが、シャロンはお腹のかすかな膨らみに手を当ててほほ笑んだ。

本当に久々に幸せだと感じた。幸せすぎて不安になるほどだ。

シャロンはクリニックに着き、更衣室へ向かった。割り当てられたロッカーにコートとバッグを入れる。

「ああ、シャロン。待っていたのよ」看護師長のカルメンが現れて明るい声で言うと、手術着の上下セットを差し出した。「はい、どうぞ」

「ありがとうございます《グラシアス》。何から始めればいいですか?」

「今日は術後患者のケアをお願い。病棟に入院中の全員の容態を確認。一時間以内にドクター・ヴァレラに報告してちょうだい」

シャロンの心臓は興奮に高鳴った。ここでは多くのことを学べそうだ。「ドクター・ヴァレラはどちらにいらっしゃいます?」張りきりすぎて声が上ずらないよう気をつけて、彼女は尋ねた。

「アグスティンなら二階よ。ドクターたちの診察室は二階なの。今日は手術のない日だから、みんな自分の診察室で外来患者を診る予定。病棟へ下りてくるのは、もっとあとになるわ」

シャロンはうなずいた。「まずは着替えます」

「着替えたら、ナースステーションへ来てね。カードキーを渡すわ。患者のカルテにアクセスできるよう、パソコンのパスワードも教えないと」

「グラシアス、カルメン」

看護師長はにっこり笑って更衣室を出ていった。

シャロンは手術着に着替えたが、少しきつい。これも明らかな妊娠の兆候だ。今まで気づかなかった自分に、また腹が立った。

ナースステーションで看護師長から必要なものを受け取ると、シャロンは病棟の巡回を開始した。

新人研修は不要だ。手術室担当の看護師として働いた経験もあり、術後ケアは好きな職務の一つだ。

スペインでの医学会議後は、アメリカの家庭医の診療所で働いていた。ここでの仕事のほうが、はるかに興味深いものになりそうだ。

シャロンはカルテを手に、最初の患者の病室へ向かった。癌《がん》の治療後に顔の形成手術を受けた女性だ。

静かにドアをノックして中へ入る。「ミセス・サンチェス、ご気分はいかがですか？　看護師のミサシです。シャロンと呼んでください」

患者は身じろぎしたが、何も答えなかった。

「ミセス・サンチェス？」シャロンはベッドに身を乗り出し、患者の手首を取った。脈が弱い。

患者がうめいた。「痛いの」

「お察しします。薬をお持ちしましょう」シャロンは穏やかに応じて、患者の体温を測った。

「痛むのよ」ミセス・サンチェスがまたうめいた。

「よくわかりますとも。ちょっと傷口を拝見できますか？」

患者はさらにうめいて、かすかにうなずいた。

シャロンはフェイスラップの下の切開部を確認した。治癒が遅いようだ。体温計が警告音を発し、見ると体温が高い。

モニターの数値をチェックし、カルテと照らし合わせた。ミセス・サンチェスの容態はもっとよくなっているべきなのに。何かにアレルギー反応を起こしたか、感染症にかかったのかもしれない。

今すぐ執刀医を呼ばなくては。彼が回診に下りてくるまで待ってはいられない。

「僕の患者は、今朝はどんな具合かな？」

背後で声がして、シャロンは心臓が止まりかけた。ドクター・アグスティン・ヴァレラが病室に入ってくる。まるで亡霊が過去から現れたかのように。

ガスだわ。

バルセロナで一夜をともにした男性。今朝ずっと私の頭から離れなかった人。ガスは、ドクター・アグスティン・ヴァレラだったのだ。新しい上司が、私の赤ちゃんの父親なの？

患者のベッド脇に立つ新人看護師を見て、アグスティンは驚きのあまりぴたりと足を止めた。カルメンからは、新たに雇った看護師が今日初出勤で、術後患者のケアを担当すると聞いていた。

通常、スタッフは自分で面接して採用する。だが先週は遠出の用事があった。ブエノスアイレスの学校に不満を抱く異母妹のサンドリーヌを、ウシュアイアへ連れ戻すために迎えに行ったのだ。

そこで、新人採用は信頼できるカルメンに任せた。とはいえ、術後のミセス・サンチェスの容態は心配だ。なじみのない新人看護師に任せておくわけにいかない。僕のクリニックが世界最高レベルと評判なのには理由がある。院長の僕が、患者に最善の医療を提供すると固く心に決めているからこそだ。

このクリニックは僕の人生そのものなのだ。

まさか新人看護師が、ここ五カ月間ずっと頭から離れなかった女性だとは思いもよらなかったが。

シャロン……。

バルセロナのホテルで一夜をともにし、目覚めると彼女は消えていた。先の約束はしていなかったものの、夜盗のように逃げ去られて心が傷ついた。

あの夜は特別だったから。妻の死以来初めて誰かと深く充実した情熱のひとときを分かち合い、誰かとの結びつきを感じた。シャロンに歓びを与えたとき、僕の心の氷壁が溶け、もっと深い結びつきが欲しくなった。だが翌日スペインを去る彼女のことは忘れたほうがいいと思ったのだ。

その後一週間、シャロンのことは考えまいと努めた。ところがどこを見ても彼女の思い出が潜んでおり、唇には彼女のキスが刻まれたままだ。シャロンを心から追い出すには、クリニックの経営と異母妹の世話に没頭するしかなかった。去年父が亡くなり、父の再婚相手が実の娘のサンドリーヌを捨てて出ていってから、この異母妹の世話は僕の役目になった。

クリニックの経営と、父の遺産の処理と、サンドリーヌの母の捜索もあって大忙しだったので、シャロンのことを考える暇はほとんどなかった。

それでも一人で過ごす寂しい夜には、シャロンはどうしているだろうとふと思ったものだ。

ゆうべもそんな夜だった。そしてほとんど眠れないまま朝を迎え、外来患者を診る前に術後患者の容態を確かめようと早めに病棟へ来た。すると、まるで僕の夢から抜け出てきたかのように、そこにシャロンが立っていた。アクアマリン色の手術着姿で、カルテを持って。

長い髪はシニヨンにまとめ、幽霊を見るような目で僕を見つめている。

「患者の容態は？」なんとか声が出た。ききたいことは山ほどあるが、今この場では患者が最優先だ。

「体温が高く、切開部に腫脹《しゅちょう》が見られます。血圧も高い。痛みを訴えていますが、三時間前に鎮痛剤を投与したばかりです」

アグスティンはシャロンの横に立ち、手からカルテを取った。ここまで近づくと平静ではいられない。耳の奥で血管が激しく脈打っている。

「血球数算定検査《CBC》が必要だ。感染症の疑いがある」

彼はカルテに指示を書き入れた。

シャロンはうなずいてカルテを引き取った。「ただちに準備します」

「ほかの術後患者の様子はもう確認ずみかい？」

「いいえ。この病室から始めたところなので」

アグスティンは了解とうなずいて、ミセス・サンチェスを丁寧に診察した。患者はまた眠りに落ちていた。シャロンの指摘どおり、切開部がまだ赤く腫れている。もう腫れが引いてもいいころなのだが。

「僕は先に回診をすませてくる。君は大至急ＣＢＣを終え、結果を報告してくれ」

「はい」シャロンは彼のほうを見ずに血液検査の準備をしている。

病室を出る前に、アグスティンはもう一度振り返って室内を動きまわるシャロンを眺めた。彼女がここにいることが信じられない。カルメンが採用したのは地元の看護師だと思っていた。

一方、シャロンはニューヨーク出身だと言っていた。もっとも母親が南米出身だとも言ったが、国名までは言わなかったし、僕も尋ねなかった。夕暮れのビーチに立つ彼女を見ていたときには、どこの生まれかなんて、まったく気にならなかったから。ところがそれはアルゼンチンの、しかもよりによってフエゴ島だったわけだ。

今はシャロンのことを考えるのはやめよう。アグスティンは両手で髪をかきあげ、残り二人の術後患者の回診を終えた。二人とも順調に回復しており、心配はない。二日後には退院できるだろう。

回診を終えるころには、外来患者の診察を始める時間になっていた。そこへシャロンが急ぎ足で近づいてきた。アクアマリン色の手術着がよく似合っている。何も着ていないほうがもっと魅力的だが。

何も身に着けず僕の腕に抱かれたシャロン。きれいに日焼けした裸体を白いシーツに包み、栗色《くりいろ》の長い髪を後光のように枕に広げたシャロン。

彼女はまるで天の恵みのようだった。

いったい何を考えているんだ。しっかりしろ。

アグスティンは自分を叱り飛ばし、咳払《せきばら》いして尋ねた。「検査結果が出たのか?」

「はい。ミセス・サンチェスはブドウ球菌に感染していました。よくある感染症です」

シャロンには目を向けずに、彼は検査結果を見つめた。「抗生物質の種類を変える必要があるな」

「さっそく手配します」

アグスティンは処方箋にサインをして渡した。シャロンは少し上気し、汗もかいているようだ。

「どこか悪いのかい？」

「大丈夫です」彼女はすばやく答えた。

「もし具合が悪いなら――」

「病気ではありません」

「しかし顔色がよくないし、疲れて見える」

それでも相変わらず美しいが。

最後の部分は口には出さなかった。

「本当に大丈夫です」シャロンはこわばった口調で言い返したが、その言葉は信じられない。

「何か病気なら言ってくれ。今日が初出勤なのはわかっている。だが無理をして患者を危険にさらすことは決して許されない」

シャロンは顔をしかめた。「私が患者を、特に手術を受けたばかりの患者を危険にさらすほど愚かだと、本気で思っているんですか？」

「いいや。とはいえ、君のことはよく知らない」

何しろ五カ月前のあの夜は、ろくに話をしなかった。ただ夢のようにすばらしい一夜を過ごしただけだ。二人ともひとときの気晴らしが欲しくて、深い話はせずに楽しもうと決めたのだ。

そして、大いに楽しんだ。

あの夜を思い出すだけで血が沸き立ち、体が欲望に脈打つ。そうはいっても、ここはスペインではない。僕はシャロンの上司で、シャロンは僕の看護師――いや、厳密にいえば僕の下で働く看護師だ。

シャロンがため息をついた。「病気ではありません。調子が悪い理由はわかっています」

「では、その理由を聞かせてくれ。僕も無関心ではいられないのでね」厳しい口調で促す。

「妊娠しているんです」

「妊娠？」アグスティンの顔から血の気が引いた。

「五カ月なの」彼女は小声で言って赤面した。

「五……」その数字に衝撃を受けて彼は口ごもった。

「私自身、今朝確かめたばかりだけど」

アグスティンは自分の耳を疑った。思わず一歩下がり、髪をかきあげる。

シャロンは妊娠しており、それは僕の子なのだ。

「避妊具を使ったじゃないか」彼はつぶやいた。

「医師のあなたなら、それが百パーセント有効ではないと知っているはずよ」

もっと話し合いたいが、これが何を意味するか考えると恐怖も覚える。かつては父親になりたいと願い続け、十年前に望みが叶《かな》いかけた。妻のルイーサが妊娠したのだ。

あのときは、いい父親になろうと、決して自分の父のようにはなるまいと意気ごんだ。

そして、すべてを台なしにしてしまった。

ルイーサを失い、待ち望んだ子供も失った。あれ以来、子供を持つという望みは手の届かない夢になった。もう一度恋をする気すらないのだから、子供を持てるはずがないとあきらめていた。

ところが今、シャロンが現れた。彼女は僕の子を妊娠しており、ここウシュアイアに住んでいる。僕同様、この町の住人なのだ。

「ドクター・ヴァレラ、患者さんが診察室でお待ちです」院内放送で呼び出しがかかった。

「もう行かないと」アグスティンはまた髪をかきあげた。「あとで話そう」

「ええ、もちろん」シャロンは静かに応じた。「ミセス・サンチェスの抗生物質を準備してきます」

「ああ、そうだな。経過を逐次報告してくれ」アグスティンはきびすを返してエレベーターへ向かった。僕には仕事がある。私事は後まわしだ。のちほどシャロンと話し、彼女がここへ何をしに来たのか探り、僕たちの子供にどう対処するか決めよう。

4

妊娠を告げてもガスがほとんど何も言わなかったので、シャロンは少しがっかりした。でも考えてみれば無理もない。

シャロン自身、まだ呆然《ぼうぜん》としている。お腹《なか》の子の父親がここウシュアイアに住んでおり、しかも私が思っていたような人ではなかったのだ。もっともスペインでは、お互いろくに話をしなかったけれど。

ガスが医師なのは知っていたが、形成外科医とは意外だった。ウエイターの心臓発作をすぐ見抜いたので、心臓専門医かと思っていた。

それに南米出身らしいと気づいてはいたが、出身地の話は特にしなかった。今日初めて、彼がアルゼンチンの、しかもウシュアイアの出身だとわかった。たぶん祖母とも知り合いだろう。

奇遇すぎて出来の悪いコメディのようだ。

ガスはスペインで出会ったセクシーな見知らぬ男性で、一夜をともにしただけの相手だった。

ところが今、彼はドクター・アグスティン・ヴァレラで、私の上司ですって？

呼び出しがかかり、あとで話そうとつぶやいてガスが去っていくと、シャロンはほっとした。

ええ、話はあとでかまわない。彼と永続的な関係は望んでいない。その気持ちは今も変わらない。

生まれる子供の人生に彼が関わりたいというなら、それも結構。ただし、いったん関わってから見捨てて子供の心を傷つけることは絶対に許さない。

シャロンはかぶりを振って、混乱した考えを振り払った。今は仕事に専念しなくては。私はプロの看護師よ。仕事中、考え事にふけるわけにいかない。

でも職場の上司が、私の内に眠っていた情熱を呼び覚ました男性だなんて……。

シャロン、しっかりしなさい。

あの夜の記憶がよみがえって注意力散漫になる事態は避けなければならない。少なくともこれで、妊娠を告げるためにガスを捜し出す手間は省けた。

シャロンはミセス・サンチェスのために必要な抗生物質を確保し、点滴を開始した。ほかの術後患者たちの容態も確認し、全員のカルテの記入を終えた。

ガスはまだ病棟フロアへ下りてこない。それも当然だろう。今朝ここで私を見てショックを受けたはずだから。彼が経営する世界最高レベルのクリニックで、新入りの看護師が彼の子を妊娠していたのだ。

〝僕も仕事が生きがい〟とガスは言った。スペインで彼が打ち明けてくれたのはそれだけだった。

そしてシャロンは、自分と同じく仕事に情熱を燃やすガスに惹《ひ》かれた。彼を理解できたし尊敬できた。

とはいえ、シャロンのほうはまもなく仕事を二の次にしなければならなくなる。自分の中で育っている小さな命が優先だ。思わずお腹に手を当ててみた。すべきことが山ほどある。

慌てずに一度に一歩ずつ前へ進もう。

母が亡くなったときも、父に見捨てられたときも、そうやって乗り越えてきた。

自分の人生を一度に一歩ずつ進んできたのだ。

シャロンは落ち着こうと深呼吸して初日のシフトを終えた。夜勤の看護師に術後患者のカルテを渡し、更衣室で私服に着替えた。

夜勤の看護師によれば、外は大雪で気温が下がっているらしい。暖かいフード付きコート《パルカ》を着てきてよかった。今はただ家に帰りたい。

外へ出るとガスの姿が目に入った。街灯の下で黒いセダンにもたれ、六月の大雪に縮こまっている。

「まあ、すごく寒そうね」シャロンは驚いて言った。

「ああ、凍えそうだよ。マイカー通勤だから、普段は君みたいなパルカは必要ないんだ」

シャロンは低く笑った。「私は車を持っていない。だからいつも歩いているの」

「家まで送ろうか？　それとも、どこかへ寄って話をするかい？」

シャロンは腕時計を見た。早く帰ってマリアを解放してあげなくては。祖母はまだ長時間一人にはできない。「悪いけど、急いで帰らないと」

「だが僕たちは話があるんじゃないのか？」

「ええ。でも祖母のヘルパーを引き止めておけないわ。本当に早く帰らないと」

「君はアメリカ出身かと思っていたが？」

「だけど実家はここよ。祖母がここに住んでいて、私もここで生まれたの」シャロンはまた腕時計に目をやった。「あなたと話をしたいし、爆弾発言で驚かせて申し訳なく思っているわ。でも妊娠の件は、あなたも知る権利があるから知らせたの。そして今は、とにかく急いで帰らないと」

「わかった。家まで送るよ」

「その必要はないわ」いちおう断ったものの、疲れて脚が痛む。送ってもらえたら嬉《うれ》しい。

「いいや、送らせてくれ。そして明日の昼休みにでも、どこかへランチに行って話をしないか？」

「ええ、ぜひ」

ガスはうなずいて車のドアを開けた。シャロンは助手席に乗りこみ、彼は運転席に座った。「さて、どこへ送っていけばいい？」

「うちはロス・ギンドスの近くなの。ここから歩いてもすぐよ」

一瞬、ガスは驚いて戸惑った表情を浮かべた。そしてこわばった声で言った。「その界隈《かいわい》なら、よく知っている。僕もウシュアイア生まれなんだ」

「そういえば、スペインでは、あなたの出身地は尋ねなかったわね？」

「ああ、お互い深い話はしなかった。君が幼いときからニューヨークに住んでいたと聞いただけだ」

「つまり偶然二人ともウシュアイア生まれで、偶然スペインで出会ったということ？　偶然もここまでくると、なんだか……ちょっと奇妙ね」

「ああ、とても奇妙だ。出来の悪いコメディを見ているような気分だよ」ガスは笑った。

「ええ、私も同じことを思ったわ」シャロンも神経質にくすくす笑った。

「やれやれ、君も同じ思いと知って一安心だ」

それから気まずい沈黙が二人を包み、シャロンはうつむいて自分の手を見つめた。今朝、ガスに妊娠を告げなければと思ったときは、もっと気楽に考えていた。スペインの浜辺で、ホテルの部屋で抱き合った一夜の相手に告げるつもりだったから。

記憶がよみがえり、頬がほてった。あの記憶は封印しなくては。今の二人はバルセロナにいるわけではない。状況はすっかり変わったと肝に銘じておかなくては。

まさかガスの部下になって一緒に働くとは夢にも思わなかった。よりによって、なぜ彼もウシュアイア生まれなの？　アルゼンチン広しといえども、ウシュアイア出身の同郷人に偶然出くわすことなどまずない。それどころか、ほとんどの人がフエゴ島という名前さえ聞いたことがないのだ。

でも私が一度だけ心の警戒を解いて情熱という禁断の果実を味わおうと決めたとき、一夜の相手に選んだ男性がたまたまウシュアイア生まれだった。しかも彼はたまたま地元の形成外科医だった。そして今、私たちは一緒に働いている。

祖母なら、この偶然を面白いと思うだろう。

車はたちまち祖母の家へ着いて、気まずい沈黙の時間は終わった。だが今度は、両手を揉《も》みしだきながら通りを行ったり来たりするマリアの姿が見えた。

「まあ、大変」シャロンはつぶやいた。

「ご家族かい？」アグスティンがきいた。

「いいえ、祖母のヘルパーよ」シャロンは車を降りてマリアに歩み寄ると、最悪の事態を恐れつつ尋ねた。「マリア、どうしたの？」

「おばあちゃん《アブエラ》が、意地を張っていて、手に負えなくて」マリアがせかせかと訴えた。

シャロンは内心うめいた。「ええ、そうなることがあるわね。それで、何が起きたの？」

「転んで頭を打ったのに、かすり傷だと言い張るんです。でも額から出血していて。とはいっても、頭の傷は浅くても派手に出血しますけど。とにかく、あなたに迷惑をかけたくないから電話するなと、私の携帯を取りあげて返してくれないんです。だから救急車も呼べなくて。そのあと急に私が誰かわからなくなったみたいで。お隣へ助けを求めましたが、留守でした。ティーンエイジャーのお嬢さんもまだ学校から戻っていなくて」

「そのティーンエイジャーは僕の妹だ。実は、僕も隣に住んでいる」アグスティンがぎこちなく言った。

「あなたが、隣に？」シャロンは唖然《あぜん》とした。

「ただし、ここ二週間はブエノスアイレスに行って留守にしていたが」

シャロンは鼻筋をつまみ、大きく息を吸った。事態はますます複雑怪奇になってきたようだ。「マリア、アブエラは今どこにいるの？」

「ご自分の部屋に閉じこもっています」

「あなたの携帯電話を取り返してくるわ。あとは私に任せて、今夜は家へ帰ってゆっくりしてね」

「ありがとうございます《グラシアス》」マリアは低く笑った。

シャロンは家へ入り、祖母の部屋のドアをノックした。「アブエラ、開けてちょうだい。マリアが家へ帰れるように携帯電話を返してあげて」

「病院へは行かないからね！」祖母が叫んだ。

シャロンはため息をついた。祖母はいったいどうしてしまったの？　よりによって私の妊娠が発覚した今日、すぐ近くにアグスティンがいる今、こんなトラブルを起こすなんて。

ロックを外す音がして、ドアの隙間からマリアの携帯電話が差し出された。シャロンは電話を受け取り、駆け足で外に出てマリアに渡した。

明日の朝いつもの時刻に来ますと言われて、シャロンは胸をなでおろした。マリアが祖母に恐れをなしてもう来ないのでは、と心配していたのだ。

部屋へ戻ってみると、ドアは大きく開け放たれ、祖母はベッドに座っていた。その前にはアグスティンがひざまずき、額の傷を診ている。

彼は、いつ家の中に入ったの？

「シャロン、こちらはアグスティン・ヴァレラ。アグスティンのお父さんは、うちの隣に住んでいたの。そして、今はアグスティンもお隣さんよ！」

「知っています」シャロンは堅苦しい声で応じた。

アグスティンは笑みを見せなかった。父親の死をまだ悲しんでいるのかもしれない。二週間前にここへ来たばかりのシャロンは、アグスティンの父がいつ亡くなったのか知らなかった。

いろいろと知らないことばかりだ。

シャロンは祖母の隣に座り、手を取った。「けがはひどいの、アブエラ？」

アグスティンが答えた。「傷は浅いが出血が止まらない。縫ったほうがいいだろう。病院へ連れていかなくては」

「病院へは行かないよ。その必要はない」祖母は取られた手を引き抜き、腕を組んだ。強がっているが動揺している様子だ。

アグスティンが立ちあがった。「それなら僕がやろうか。クリニックへ行けば縫合はできる」

「そこまでしていただくのは申し訳ないわ」シャロンはやんわりと断った。

「お安いご用だよ。三十五年前、僕を取りあげてくれた助産婦さんに、せめてそれくらいはさせてくれ」アグスティンは祖母に目くばせした。

祖母はにっこり笑った。「ああ、確かに私が取りあげた。お父さんのテオも私が取りあげたのさ」

父の名を聞いたとたん、アグスティンの顔から笑みが消えた。「僕の異母妹のサンドリーヌも、あなたが取りあげたんですか?」

「いいや、サンドリーヌの母親はブエノスアイレスのしゃれた産院で産むと言い張った。あの後妻は好きになれなかったね。実の娘を残して出ていってからは、ますます気に食わない。アグスティン、あんたが妹の世話を引き受けてくれてよかったよ」

アグスティンはそっけなくうなずいた。「さて、では僕のクリニックへ行きましょうか」


彼はいったん部屋を出て狭い浴室で手を洗い、包帯を持って戻ってきた。シャロンはその包帯を受け取ったが、アグスティンは彼女と目を合わせなかった。家庭内の秘密を知られて恥じているらしい。

祖母は秘密を守るタイプではないのだ。特に最近は年を取り、記憶も怪しい。そんな祖母へのアグスティンの優しさがありがたかった。

シャロンは祖母の傷に包帯を巻き、コートを着せ、アグスティンと二人で両側から支えて車の助手席に乗せた。クリニックまでの短いドライブの間中、祖母は満足げな笑みを浮かべていた。

祖母がなぜ急に病院を怖がるようになったのかわからない。シャロンは祖母の態度の急変が心配だった。だがとにかくこれで、意地を張っている祖母に無理強いせずに縫合とその後のケアをしてもらえる。

アグスティンはクリニックの玄関近くに車を止め、中へ入ると車椅子を持ってきた。

「そんなものは必要ないよ。歩けるからね」車を降りた祖母は言った。

「いいえ、乗っていただきます。当クリニックの規則ですので」アグスティンはきっぱり言い返した。

祖母はうなずいて車椅子に座り、シャロンは車椅子を押すアグスティンの後ろをただ呆然とついていった。なんだか落ち着かない気分だ。アグスティンはエレベーターで外来診察のフロアへ上がった。夜のこの時間は誰もいない。彼はベッドと医療器具の完備した診察室に車椅子を入れ、祖母をベッドに寝かせてから自分のコートを脱いだ。

「私も手伝いたいわ。というか、これは私の仕事です」シャロンもパルカを脱いで言った。

「では、備品庫から縫合キットを持ってきてくれ。僕は麻酔の準備をしておく」

「わかりました」シャロンは忙しく動いて気を紛らわしたかった。アグスティンが不意に自分の人生に入りこんできた事実を考えたくなかったのだ。今朝、彼の名はガスで、どこか遠くにいて、妊娠を知らせるために捜し出そうとしている見知らぬ男性だった。

ところが今、彼はここにいる。私の上司で、祖母の隣人で、祖母の傷を縫おうとしている。

シャロンが診察室に戻ると、アグスティンは何か話しかけて祖母を笑わせていた。

「キットをお持ちしました」

「ありがとう」彼はシャロンを振り返ってほほ笑んだ。五カ月前、彼女を虜《とりこ》にしたまばゆい笑みだ。

「次は何をしましょうか?」

「いや、何も。ただアブエラのそばに座っていてくれ。少し眠ってもらおうと薬を与えたところだ」

「とてもいい気分よ」祖母は眠そうにつぶやいた。

シャロンはベッド脇の椅子に座り、自分がまったく役立たずになった気がした。そして小声でアグスティンに言った。「あの娘さんはあなたの妹だったのね。何度か会っているのよ。感じのいいお嬢さんだわ。あなたの話は全然していなかったけれど」

「そう聞いても意外ではないな。サンドリーヌは十六歳で、ほとんどいつも自分の殻に閉じこもっている」彼は祖母の傷を縫いながら続けた。「しばらくはブエノスアイレスの名の知れた学校に通わせたんだが、あの子はそこをひどく嫌ってね。いまだにそのことで僕に腹を立てているらしい」

「お父さんはいつ亡くなったの？」

アグスティンは体をこわばらせた。「一年前だ」

「サンドリーヌのお母さんはどこにいるの？」

「僕の継母かい？　見当もつかないよ。父の死後、実の娘を見捨て、ただ出ていった」

シャロンの心は沈んだ。それは、シャロンもよく知っているシナリオだったから。

〝シャロン〟呼ばれて駆けつけたおばが目に涙を浮かべ、声を詰まらせた。シャロンはその場に立ちすくみ、警官たちを見あげていた。

あのときは家にたくさんの人が来て、シャロンは人形を抱きしめていた。これは身を守る盾だと自分に言い聞かせ、何日もそうしていたのだ。ある朝目覚めて、父が消えたとわかったときからずっと。

何か食べられるものを見つけて食べるときも、人形はそばに置いていた。コンロを使うことは禁じられていたので、食べ物は限られていたが。

〝姪《めい》ごさんはショック状態のようです。子供病院へ連れていって検査をしましょう〟警官が言った。

おばはうなずいて、シャロンの前にひざまずいた。

〝パパも死んじゃったの？〟シャロンはうつろな声できいた。母が死んだときも、警官やいろんな人がうちに来たのを思い出したのだ。

〝いいえ〟おばはほほ笑んだ。〝パパは生きているわ。どこにいるかはわからないけれど。あなたはまず子供病院へ行って、それからおばさんの家に泊まったらどうかしら?〟

〝でもパパは、待っていなさいって言ったよ。いつだってそう言うの。まだ待たなきゃいけない?〟

〝いいえ、もう待たなくていいわ。さあ、行きましょう〟おばはシャロンの手を取った。

シャロンはかぶりを振って、暗い記憶を振り払った。喉がひりひりする。あの記憶がよみがえったことが嫌でたまらない。今の人生を邪魔されたくないから、心の奥底に封じこめてあったのに。

「正直、お母さんが娘を置いて出ていくなんてひどい話だと思ったわ。サンドリーヌによれば、以前から一人で過ごすのは慣れていたそうだけど」

アグスティンはため息をついた。「実は、父とは疎遠だったので、異母妹のこともよく知らなかった。ブエノスアイレスに住む僕の実母から電話があって、初めて事情を知った。サンドリーヌは母親が帰ってこないと、僕の母に助けを求めたんだ。幸い、当時僕は旅行中ではなく、ウシュアイアにいた」

シャロンは心が和むのを感じた。アグスティンが亡父にも継母にも愛情を抱いていないのは明らかだ。それでも異母妹の身を案じ、自分の人生を一時保留にして正しい行動を取ったのだ。父親に捨てられたシャロンは、父を恨む気持ちなら嫌というほど知っていた。同じくサンドリーヌは母親に捨てられた。アグスティンは、その妹に寄り添っている。彼は誠実で高潔な人物だ。

親に捨てられたときシャロンはサンドリーヌより幼かったが、幸いおばと祖母が手を差し伸べてくれた。おばはアメリカに住んでいたし、祖母はフエゴ島から飛んできて孫娘の世話をおばと分担する手筈《てはず》を整えてくれた。そんな二人にシャロンはずっと変わらず感謝している。

サンドリーヌは独りぼっちだったのだ。

「ほら、これで大丈夫。傷は完璧に治るよ」アグスティンは縫合を終えて包帯を巻いた。

「どうもありがとう。アブエラがなぜ急にこうなったのか、さっぱりわからないわ」シャロンはため息をついた。「骨折して以来、認知症っぽい症状が多少は出ていたけれど、人の携帯電話を取りあげたり、部屋に閉じこもったり、病院へ行くのを拒否したりといった問題行動は、今までなかったのに」

「僕は、拒否されなかった」アグスティンは顔をほころばせてウインクした。

「確かに」シャロンは喉の奥で小さく笑った。アグスティンを拒否するのは難しい。それくらいわかっていて当然だった。

「役に立ててよかった」彼は立ちあがり、使った縫合キットを捨て、手袋を外して手を洗った。

「アブエラはいつ麻酔から覚めるかしら？」

「一、二時間後だろう。目覚めたら、家まで送るよ。サンドリーヌには、今日は帰りが遅くなると言ってある。あの子の返事は〝ケイ〟一言だったが。〝オーケイ〟とさえ言わないんだ」

「私の十一歳のいとこもそんな感じよ」

「何か食べないか？　アブエラはもう心配ない。よければ、外の屋台で何か買ってくるが？」

断るべきだったけれど、お腹がぺこぺこだ。「いいわね」

「すぐ戻る」アグスティンは診察室を出ていった。

シャロンは椅子の背にもたれた。長い一日だった。予定では、とっくにベッドに入っている時間だ。祖母を寝かしつけ、風呂に入って楽なパジャマに着替え、テレビを見るはずだったのに。

これまでの人生でいちばん奇想天外な初出勤日だった。

心のどこかでは、この仕事を辞めたいと思っていた。アグスティンの下で働くのは気まずいだろう。でも私は一度始めたことを簡単に投げ出す根性なしではないし、自分と祖母を養う必要がある。

しばらくはウシュアイアに住み続けて、生まれる赤ちゃんに安定した暮らしを与えるつもりだ。ここは好条件な職場で、仕事内容も興味深い。アグスティンと協力して、なんとかうまくやってみせる。二人ともいい大人なのだから、できるはずだ。できないと困る。ほかに選択肢はないのだ。


アグスティンは軽い頭痛を覚えていた。屋台で料理を買いながらも、心ここにあらずだった。

上の空なのも無理はない。何しろ新人看護師がシャロンだったばかりか、妊娠しているというのだ。

彼は内心わくわくしたが、うろたえもした。

父親になる夢はとっくに捨てていた。特に、ルイーサと彼女のお腹にいた子を失ってからは。妻と子供を失ったとき、自分も死んだも同然だった。だから残りの人生は一人で生きるしかないと思った。

誰も求めずに一人で生きるほうが気楽だから。

感情がなければ、心が痛むこともないから。

ところが、そこへシャロンが現れた。

妊娠して、しかも隣に住んでいるらしい！

シャロンはここへ来て二週間になると言ったが、その間、僕はブエノスアイレスにいた。サンドリーヌをウシュアイアに連れ戻したり、別の仕事をしたりと忙しく動きまわり、シャロンがすぐ隣に住んでいるとは気づかなかった。

なぜあの学校が嫌いなのか尋ねたとき、サンドリーヌは答えた。

〝だって寂しいんだもの。兄さんのお母さんはすばらしい人だわ。私も大好きよ。私の母のせいでつらい目に遭ったのに、いつも私によくしてくれる。でも、あそこは私の家じゃない〟

アグスティンはため息をついた。〝あそこにはディエゴがいないからか？〟

〝兄さんはちっとも私の話を聞いていないのね。私に無関心なのよ〟サンドリーヌは悲しそうに言った。

〝わかった。帰ってくればいいさ。ただし、僕は仕事が山積みで忙しいからな〟

そう、僕の人生は仕事を中心にまわっているのだ。妻を失った悲しみにのみこまれないよう、仕事に没頭している。打ち砕かれた心を仕事で癒《いや》し、一夜のセックスで気を紛らわしてきた。

シャロンに出会うまでは。

二人の出会いはまさに驚きの連続だった。

スペインで一夜をともにしたときには、お互い自分のことをあまり話さなかった。どちらも一晩以上の長いつき合いを望んでいなかったのだ。

ところが今日一日の内に、お互いのことを知りすぎるほど知ってしまった。

なんと僕と父を取りあげた助産婦はシャロンの祖母だったのだ！


一夜限りの関係は、もはやこれまでだ。

今や運命が二人の人生を交差させ、さまざまな要素が積み重なって二人を結びつけようとしている。出来の悪いコメディのようだと笑うしかない。ただし笑えるのは、もっとあとになってからだろう。今この場では、アグスティンは運命のいたずらより自分の心のことを考えていた。診察室へ戻ると、シャロンがベッド脇の椅子でうたた寝していた。

疲れきって静かに眠る姿を眺めるうちに、彼女の肌の甘美な感触が手によみがえってきた。それから、お腹のごくわずかな膨らみが目に入った。シャロンはその膨らみをそっと抱いているように見える。

一瞬、アグスティンの胸はときめいた。

いや、彼女に触れてはならない。僕の部下なのだ。自分に繰り返しそう言い聞かせるしかない。

スペインでは、二人とも深い関わりを望んでいなかった。けれども生まれてくる子供の人生には両親として関わることになるだろう。僕も自分の子供に毎日会えるだろう。

だが、もしシャロンがここに住むつもりがなかったら、もしアメリカへ帰ってしまったら？

頭の片隅で不愉快な考えをささやく声がする。

さらに、この赤ん坊まで運命に奪い去られるのでは、という暗い考えが浮かんだ。あの日のように。

あの日、陰鬱な顔の外傷外科医に、患者の家族に悲報を告げる個室へ案内されたとき、アグスティンは涙をこらえて懇願した。

〝どうか黙っていてくれ〟そう頼み続ければ、真実を明かされずにすむとばかりに。

だが外科医は口を開いた。〝ドクター・ヴァレラ。残念ですが、奥さんとお腹のお子さんは救急救命室に搬送されたとき、すでに心肺停止状態で。できる限りの手は尽くしましたが、亡くなりました〟

アグスティンは床にくずおれて泣いた。

あの日、何もかも失ってしまった……。

そのとき、シャロンが身じろぎして目を開けた。

「あら、もう戻っていたのね」

アグスティンは不意に襲ってきた悲しみをこらえ、作り笑いを浮かべた。「隣の僕のオフィスへ行こう。そっちで食べたり話をしたりできる。間のドアを開けておけば、アブエラの様子も見守れるよ」

シャロンはうなずくと、彼について移動した。

「骨付き肉の炭火焼き《アサード》とミートパイ《エンパナーダ》とがあるが、どっちがいいかな？　アブエラには焼きチーズ《プロボレタ》を買ってきた。地元のバーベキュー大会に参加したとき、アブエラが焼いてくれたのを思い出したんだ」

「アサードをいただくわ。大好物なの」

アグスティンは彼女に発泡スチロールの箱を渡し、自分も別の箱を開けてエンパナーダにかぶりついた。

「どう？　おいしい？」シャロンがきいた。

パイはなんの味もしなかったが、アグスティンはにっこり笑った。「夕食と話をするチャンス。これで、一度に両方とも手に入ったよ」

シャロンの灰色の瞳がきらめいた。「確かに一石二鳥ね」

「さて、では話してもらおうか。ここへは二週間前に来たんだね？」

「ええ。それからずっと祖母の世話をしていた。退院させて自宅での生活を軌道に乗せるまでに、かなりの時間がかかったわ。私の人生も、ここへ来たためにがらりと変わってしまった」

「今日が初出勤日だったということは、前は働いていなかったのかい？」

「前の仕事は辞めたの。祖母の骨折が重症で、長期の介護が必要だとわかった時点でね。そして、今はここにいるというわけ」

「ずっとここに住むつもりかな？」アグスティンは探りを入れてみた。

「さしあたりは」

あいまいな答えが気に食わない。彼は次の質問をした。「妊娠には今日気づいたと言ったよね？」

「ええ」シャロンはうめき声をあげた。「祖母の骨折とか、引っ越しとか、仕事探しとか、あれこれ忙しすぎて妊娠の兆候を無視していたの」

「すると、産科医の診察はまだ受けていない？」

「まだよ。なんだか質問攻めに遭っているみたい」

「すまない。だが君が僕たちの子を宿している以上、もう互いのことを知らないままではいられないよ」

「それもそうね」

祖母が目を覚まし、シャロンは呼ばれて隣の診察室へ行った。アグスティンは料理の箱を片づけて声をかけた。「車椅子を取ってくる。家まで送るよ」

「本当にありがとう。夕食も、祖母のことも。心から感謝しているわ……アグスティン。それとも、ガスと呼んだほうがいいかしら？」唇に笑みをたたえて、シャロンは静かにきいた。

「どちらでもかまわないよ」

「だったら、アグスティンのほうが好きだわ」シャロンは頬を染めて恥ずかしそうに言った。

彼女の何がこんなに魅力的なのだろう？　アグスティンはふと嬉しくなり、それから気をつけろと自分を戒めた。またしても心に傷を負うのは困る。

彼はただうなずいてドアを閉めた。シャロンについてもサンドリーヌについても、いろいろ考えなければいけない問題がある。自分一人でクリニックを立ちあげるために奮闘していたころのほうが人生は簡単だった。

喪失の悲しみや家族のことを考える必要がなかったから。妻の死後、もう家族はあきらめて一人で生きると決めたのだ。そのほうが楽だったから。

そうじゃなかったのか？

5

目覚めると首が痛かった。寝違えたようだ。ここはどこだろう？　アグスティンは一瞬いぶかった。それから朝の薄明かりに目が慣れるにつれ、記憶がいっきによみがえった。自宅のソファで寝てしまったらしい。あたりには仕事の書類が散らばっていた。

ゆうべはシャロンと彼女の祖母を家へ送り届けてから自宅へ戻ったが、サンドリーヌは不在だった。

また、あの少年と出かけたのだ。

その後、帰宅した異母妹は無言でまっすぐ二階へ上がっていった。怒鳴りつけても無駄だとわかっているものの、やはり腹が立った。

アグスティンはソファから起きあがり、伸びをした。夜遅くまで仕事をするのは日常茶飯事だ。ソファで寝落ちするほど疲れているとは気づかなかった。

「やっと起きたのね。トングで突いて、まだ生きているか確かめるところだった。ゆうべはどこへ行ってたの？」キッチンからサンドリーヌの声がした。

「君が、どこへ行ってたかはわかってるぞ」

サンドリーヌは肩をすくめた。「だって兄さんはいつも留守。いつも仕事ばかり。私は私で、自分の生活をするしかないじゃない」

「君はまだ十六歳だ」

「だから何？　パパが死んで兄さんが来たときは十五歳だった。あれからも、その前と何も変わっていない。私は自力でなんとかやっていけるわ」

アグスティンは後ろめたい気持ちになった。

「それで、兄さんはどこへ行ってたの？」

「クリニックの新人看護師が隣に住んでいるとわかった。彼女の祖母が転んで――」

「テレーサが転んだ？」サンドリーヌは叫んだ。

「テレーサを知っているのか？」

「この辺で知らない人はいないわ。テレーサはご近所みんなのおばあちゃん《アブレラ》だもの」

そう、昔の記憶は封印していたが確かにそうだった。僕がブエノスアイレスの大学に通っていたとき父が母を捨てた。以降僕はウシュアイアへ戻らず、母の実家があるブエノスアイレスで暮らした。息子と連絡を取ろうとする父の試みにも応じず、父と距離を置いたままだった。妻のルイーサの死後は、つらい思い出に満ちたブエノスアイレスを離れてウシュアイアへ帰ったが、実家と父には近づかなかった。父が亡くなり、継母が姿を消したので、実家で異母妹と暮らすことになったのだ。

昔のシャロンのこともかすかに思い出した。当時の僕はティーンエイジャーで、彼女は幼い少女だった。シャロンと僕の人生は、いったいいつから交差していたのだろう？

「学校へ行く準備はできているかい？」アグスティンは気持ちを切り替えてサンドリーヌに尋ねた。

「うん」異母妹は携帯電話を見つめたまま答えた。

アグスティンはそこで急用を思い出した。「ひょっとして、僕のシャツを取りにクリーニング店へ行ってくれたなんてことは……？」

「ない」無情な答えが返ってきた。

ブエノスアイレスへ発《た》つ前、シャツは全部クリーニングに出した。昨日取りに行くつもりが、思わぬ事態の勃発で忘れていた。どうやら家政婦を雇う必要があるようだ。そうすれば、サンドリーヌとボーイフレンドの仲も見張ってもらえる。

「シャツなら、パパの部屋にいくらでもあるよ」

だが父の部屋へ行くと考えただけで吐き気がした。父は母を捨て、もっと若い女性――サンドリーヌの母と再婚したのだ。昔の仲睦《なかむつ》まじい両親の思い出や悲痛な離婚の記憶が詰まった実家で暮らすのは楽ではない。それでも父の死後、異母妹の面倒を見るために、自分に遺《のこ》されたこの家へ戻ってきた。

「身支度をしてくる」アグスティンは言った。

「了解《ケイ》」サンドリーヌはわずかに口角を上げた。

アグスティンはうめき声をもらして父の部屋へ向かった。父が亡くなって一年も経《た》つのに、なぜか部屋にはまだ父のにおいが残っている。クローゼットを開け、自分のスーツに合いそうな青いシャツを選び出してから、服を脱いで熱いシャワーを浴びた。

どうしても父を許すことができない。

シャワーを終え、体を拭いて借り物のシャツと自分のスーツを着た。サンドリーヌは学校へ行ったようだ。今日は外来患者の診察の予約が何件か入っており、入院患者の手術の予定もある。手術はシャロンがサポートしてくれるだろう。

玄関を出ると、ちょうど隣の家からシャロンが出てきた。冬服で着膨れた姿が愛らしい。アグスティンは思わず頬を緩め、明るく声をかけた。

「おはよう。一緒に乗っていくかい？」

「おはようございます。でも大した距離ではないし、妊婦には運動が必要なので。あなたも一緒に歩きません？」シャロンがからかうような口調で応じた。

「お誘いは嬉《うれ》しいが、そうするとまた歩いてここへ戻ってこなきゃならない。クリーニング店へシャツを取りに行くのに車が要る」

「あら、家政婦を雇っていないの？」

「僕は大人だ。その程度の家事は自分でできる」

「できると言いつつ、まだ冬服も出してないのね」

彼は自分の服装を見おろした。「言っただろう。どこへも車で行くから必要ないんだ」

「それは言い訳にはならないと思うけど。ところで、一緒に歩いていく？　それとも車で行くの？」

「歩くよ。帰りはタクシーを使えばいい」アグステインは両手をポケットに突っこんだ。なぜ言われるままに歩くことにしたのか、さっぱりわからない。自分の決断に不満を感じながらも、シャロンのそばにいるのが嬉しかった。その気持ちはバルセロナにいたときと変わらない。

あのときは、見ず知らずの美人と一緒にいるのが嬉しかった。そして今は、僕たちの子供を宿した彼女を守りたい気持ちもある。

「君のことを思い出したよ」アグスティンは言った。

「忘れられたら大変だわ」シャロンがちゃかした。

「いや、昔の君を、という意味だ。当時もテレーサはご近所みんなのアブエラで、ニューヨークに住む幼い孫がいた。ピンクのリボンをつけた恥ずかしがり屋の女の子だ」

シャロンは笑った。「そうそう、ピンクのリボンね。悪いけど、あなたのことは覚えていないわ」

「僕はずっと年上だったからね」彼はウインクした。

「それほど年上じゃないでしょう。ここで過ごした夏のことは、ぼんやりとしか思い出せないの」

そう話す声に悲しみがにじんでいる。アグスティンは記憶があいまいな理由をききたかったが、シャロンはポケットからキャンディを取り出し、包み紙をはがして口に入れた。

「どうかしたのか？」

「つわりでちょっと気分が悪いだけよ」

「だがもう二十週目だろう。つわりは終わっているはずだ」もっともその知識は、外科医になる前のさまざまな科での短期研修と、妻の妊娠時に読まされた妊娠本から得たものだ。実際は何も知らない。

そして妻の妊娠は早期で終わってしまった。

当時のアグスティンは外科医としてのキャリアを踏み出したばかりで、ルイーサの妊娠に真剣に関わる余裕がなかった。妻と生まれる子供を養うために働くことを第一に考えていた。

いつも仕事が最優先だった。

その罪悪感が相変わらず心をむしばんでいる。

「つわりは終わったはず、とお腹《なか》の子に言ってちょうだい」シャロンが愚痴をこぼした。

「ぜひ超音波検査の予約を取るべきだ。産科医か助産婦の診察の予約もだ。君はもう妊娠中期なのに、まだ専門家に診てもらっていない」

「ええ、私も自分に腹を立てているわ。妊娠の兆候を見逃し、初めての胎動すら気づかなかった」シャロンは声を詰まらせた。泣きださなければいいが。彼女をどう慰めればいいのかわからない。

「もう赤ん坊が動くのか？」つい弾んだ声で尋ね、興奮を抑えつける。シャロンとは距離を置くべきなのに、彼女の中で育つ小さな命のことを考えるとわくわくせずにいられない。同時に恐怖も感じる。

僕の子供。二度目のチャンス。

それは、衝突事故で妻とお腹の子を失ってから、口に出すことも考えることさえなかった言葉だった。シャロンのお腹に触れて、僕の子が動く感触を確かめたい。アグスティンはその衝動を抑えた。

「キャンディは、つわり対策だったんだね?」

「ショウガ味なの。ある程度は吐き気に効くわ」

それから二人は無言で歩いていった。シャロンと一緒なら、沈黙も寒さもあまり気にならない。

一緒にいることが自然で正しいと感じる。

危険な兆候だ。

「手術室で働いたことはあるかい?」彼はきいた。

「君の履歴書は見たが、手術室担当の記載があったかどうか思い出せない。緊急度判定《トリアージ》の経験があると聞いたのは覚えているが」

「ええ。看護師の仕事なら、なんだって得意よ。手術室の仕事は特に好きだわ」

アグスティンは笑みを浮かべた。シャロンが自分の仕事について話すのを聞くと楽しくなる。普段の彼女は堅苦しく理屈っぽく話すことが多いが、仕事の話をするときは目がきらきらと輝く。看護師の仕事に情熱を抱いているのは明らかだ。

普段の堅苦しい口調は相手を遠ざけておくための方便だろうか。もしそうなら、心の奥にいったい何を隠しているのだろう?

なぜそんなことを気にする? 彼女は僕のものではない。何を隠そうと僕には関係ない。僕にだって隠し事はあるし、シャロンに心を開く気はない。それなのに、なぜ彼女に心を開いてほしいんだ? 僕の心にいったい何が起きているんだ?

「今日は手術の予定があって、君に手術室での助手を頼みたい」

「私の能力を試すつもり?」

「おそらく」アグスティンはにっこり笑った。

「喜んで受けて立つわ」シャロンはかぶったフードがずり落ちるくらい勢いよくうなずいた。

「いい返事だ」アグスティンはクリニックの玄関の鍵を開け、ドアを押さえてシャロンを先に通した。「二十分後に僕のオフィスで会おう。そこで今日の予定と手術の手順を確認する」

「それで結構よ」シャロンが額にずり落ちたフードを押しあげると、シャンプーの香りがほのかに漂った。忘れもしない清楚《せいそ》で清潔な香りだ。

二人がともに過ごしたあの夜、彼女の髪を指で梳《す》いてみたくてたまらなかった。あの渇望感を今もまざまざと思い出せる。

アグスティンは無意識に手を伸ばし、フードからこぼれた一束の髪をなであげていた。彼女の肌は記憶どおり柔らかかった。

「ありがとう」シャロンは頬を染めて、その髪を耳にかけた。「では、二十分後にね?」きびきびとした口調で言い、彼を見ずに中へ入っていく。

「ああ、二十分後に」アグスティンは一つ深呼吸して、あとを追った。二人とも医師と看護師らしく振る舞おうとしている。だが僕は、シャロンへの愛着や彼女の幸せを願う気持ちが高まるのを止められない。彼女にとっては迷惑でしかないのに。

やはりバルセロナでの一夜は、単なる行きずりの関係以上の何かだったのだ。いくら否定しようとしても、その事実は否定できなかった。

シャロンは懸命に吐き気をこらえていた。これほど気分が悪いのは、昨日のいろいろな出来事で神経が参っているせいだろうか。あるいは、たった今している仕事のせいなのか。手術室での作業は好きな職務の一つだ。やりがいがあり、心が落ち着く。

ところが今は、手術室のにおいでますます気分が悪くなるばかりだ。今日の外来患者は、ほくろの除去や各種の注射といった処置が多く、その準備はすべて問題なくできた。

そして、この手術室での作業が今日最後の仕事だ。シャロンはアグスティンの隣に立ち、麻酔した患者に脂肪吸引の施術を行う彼の助手を務めていた。だが吐き気がひどくなってくる。しかもモニター機器の電子音がうるさくて耳鳴りがし始めた。

シャロンは最悪な気分を無視して、目の前で行われている手術のみに注意を向けようと努めた。そうすれば、吐き気を食い止めて自分の仕事ができる。

優秀な看護師らしく振る舞わなければならない。でも気分が悪いうえに、顔にかかった髪をアグスティンがなであげてくれた場面が心に浮かんでくる。

その記憶のせいで胃がむかつくことはなかったが、別の理由で胃がざわついた。

およそ優秀な看護師らしからぬ理由で。

アグスティンは私と赤ちゃんのことを大事に思っているようだ。それは嬉しい。けれども彼は何かを隠している。それが恐ろしかった。

もしアグスティンも父のように去っていったら、私の子は見捨てられる苦痛を味わうことになる。

それが心配で、さらに吐き気と不安が高まるのだ。

シャロンは肩をまわして、頭の中を駆けめぐるさまざまな考えを追い払った。

「シャロン、この鉗子《かんし》を押さえていてくれるかい？」アグスティンが言った。

「はい」シャロンは手術台へ身を乗り出して鉗子をつかんだ。その瞬間、アグスティンと目が合い、心臓が早鐘を打ち始めた。

麻酔専門医の咳払《せきばら》いがして、シャロンは内心自分をののしった。私とアグスティンの間に何かあると、みんなに勘ぐられることだけは避けなくては。誰にも知られないよう気をつけなければ。

あのスペインの一夜にはなんの意味もなかった。

意味はあったんじゃない？

シャロンは心のささやきを聞き流した。確かにあの夜は初めての体験だったし、夢のようにすばらしかった。そしてお腹には彼の赤ちゃんがいる。でもアグスティンに愛着を抱くわけにはいかない。

人は去っていくのだ。誰かに愛着を抱けば、心が傷つく。アグスティンもご両親の離婚で、そのことはわかっているはずだ。愛などというものは存在しない。ただ、今この場に彼と一緒にいると、なぜか温かな気持ちがわいてくる。

昨日、祖母の傷を縫う彼の鮮やかな手腕を見守って数時間をともに過ごし、今日も彼の仕事ぶりを隣で眺め、徐々にアグスティンという人を知っていくうちに、私の中で何かが起きつつある。何かはわからないが、それが気に入らないのは確かだ。

また吐き気がこみあげた。でも目を閉じてぐっとこらえると、いったんは落ち着いた。

「よし、終わった。あとは縫合だ」アグスティンが手のひらを差し出してきた。

シャロンは、脂肪吸引部位の小さな傷口を閉じるのに必要な器械を器械台から取って手渡した。

またしても手術室のにおいが鼻につき始めた。それでも患者を麻酔回復室へ移すまで、作業一つ一つに全神経を注いで耐えた。その後、器械台の端をつかんだ。これを消毒しなくてはならない。

「よくやった。君の能力に満足したよ」アグスティンが言った。シャロンが振り返ると、彼はスツールに座って手術記録をパソコンに打ちこんでいた。

「ありがとう」シャロンは弱々しく返した。手術室の室温は高くないのに、なぜか暑くてたまらない。

「次回の手術もぜひ君に助手を務めてもらいたい」

「ええ……」視界が揺らぎ、視野が狭まってきた。

「シャロン?」

アグスティンの声がこだまのように遠くから聞こえ、目の前が暗くなり、膝から力が抜けた。

シャロンが最後に見たのは、スツールから飛びあがって彼女に両腕を差し伸べるアグスティンの姿だった。それから、世界が暗転した。

「シャロン？」アグスティンの声だ。彼が何か冷たいものを額に押し当ててくれた。ひんやりと気持ちがいい。「君は失神したんだ」

「なんですって？」シャロンは目を開けてアグスティンを見あげた。

「気を失ったんだよ」彼は穏やかに言った。「うちのスタッフの中に、産科医と親しい医師がいてね。彼に、その友人に電話をかけてもらった」

シャロンはうめいた。「それじゃあ、妊娠しているとみんなに知られてしまったのね」

「〝みんな〟とは？」

「このクリニックのスタッフ全員よ」

「ほかにどうすればよかったと言うんだ？　僕が専門医を呼んだわけは、君も理解できるはずだ！」

シャロンはまたうめいた。頭痛がする。アグスティンの言い分は正しい。でも今は彼の正論が気に障る。秘密がもれたことが腹立たしい。いずれにしろ、みんなに知られるのは時間の問題だったけれど。

「起きられそうかい？」アグスティンがきいた。

「たぶん」シャロンはつぶやいた。

アグスティンは彼女の背に両腕をまわし、手術室の床から優しく抱き起こした。「診察室へ行って、ドクター・ペレスに診てもらおう」

シャロンはうなずいたが、まだふらついてまっすぐに立てない。すると、異議を唱える間もなくアグスティンに抱えあげられた。彼はそのまま診察室に向かって歩きだした。シャロンはとても恥ずかしかったが、同時にほっと安らぎも覚えた。

たくましい腕の中にいると、二人で過ごした一夜の記憶がよみがえって体がほてり、胸の先端が手術着の下で硬くとがった。どうか顔が赤くなっていませんように。彼に触れられて相変わらず反応する自分を見られたくなかった。

仕事一筋の優秀な看護師らしく振る舞いたい。でも上司に抱かれて廊下を進む現状では難しかった。

アグスティンは診察室に入り、シャロンを診察台にそっと下ろした。「もしよければ、診察に立ち会うよ」

「その必要はないわ。忘れたの？　私たちはつき合っていない。なんの約束もしていないのよ」

つかの間、アグスティンの顔を奇妙な表情がよぎった。「わかっている。だがその赤ん坊は僕の子だ。無関係とは言えない。関わりたいんだ」

そうそう、赤ん坊のためにね。彼の関心は、私ではなくお腹の子に向けられている。よかったわ。

私は誰とも関わりたくないもの。

本当にそうかしら？

シャロンは心のささやきをまた聞き流した。

「わかったわ。では、どうぞ残っていて」

この状況が永遠に続くわけではない。別れが来ても私は傷つかないはずよ。五カ月前、一晩限りの関係と二人で決めたのだから。一生ではなくて。

診察室のドアにノックの音がした。二人が振り返ると、ドア口に立つ医師が明るい声で尋ねた。

「こちらの部屋で間違いないかしら？」

「ドクター・ペレス？」アグスティンが確かめた。

「ええ。手術室で気を失った人がいるそうね？」

「私です」シャロンは赤面した。

「妊娠二十週目だとか？」ドクター・ペレスは往診鞄《かばん》を置き、コートを脱いだ。

「はい。ずっと妊娠に気づかなくて」

女医は片方の眉を上げた。「看護師が自分の妊娠に気づかなかったの？」

「前にもストレスで生理が遅れたことがあったので。祖母のテレーサ・ゴンサルヴェスが腰の骨を折り、介護のために看護師の仕事を辞めてウシュアイアへ来たんです。いろいろ忙しくて、自分の妊娠に気づきませんでした」口に出して言ってみると愚かに聞こえるが、それが事実だ。

「あのテレーサ・ゴンサルヴェス？　地元で一目置かれる助産婦の？」ドクター・ペレスがほほ笑んだ。

「はい」シャロンは答えた。

「僕を取りあげた助産婦だ」アグスティンが言った。

「私も取りあげてもらったわ」女医がにっこりした。

「アブエラが順調に回復しているといいけど」

「ええ、順調です。私の仕事中は介護ヘルパーが面倒を見てくれてますし」

「それで、あなたの面倒は誰が見てくれるの？　赤ちゃんの父親かしら？」女医は鋭い口調できいた。

「その父親は……僕です。僕自身、知ったばかりですが」アグスティンが答えた。

ドクター・ペレスは一瞬唖然《あぜん》としたものの、すぐに立ち直った。「まあ、お父さんが同席してくれてよかったこと。まずは血圧と血糖値を測りましょう。それから超音波検査の予約ね。でも、携帯用の胎児超音波心音計だけは、ここに持ってきたわ」

「今ここに？」シャロンは耳をそばだてた。

「ええ。妊婦健診を受けていれば、もう心音も聞いていたはずだったでしょ。さて、血圧を測るわよ」

女医は起きあがったシャロンの腕にカフを巻きつけ、表示された数値を見た。「少し高いけれど、失神したせいかもしれない。次は血糖値よ」今度は指先から採血して血糖値を測った。「問題ないようだわ。ところで、吐き気がするそうね？」

アグスティンが口を挟んだ。「そうなんです。まだつわりが収まらないのは異常じゃないですか？」

「長引く場合もあるわ。ただしシャロンの場合はつわりより重症の妊娠悪阻《おそ》かもしれない。検査をしてみないとなんとも言えないけれど。私の考えでは、シャロンは軽度の脱水状態で、きっと失神もそのせいよ。もっと休憩を取るべきね。いずれにしろ、空腹時血糖検査は受けてちょうだい」

「わかりました。いつ受ければいいですか？」シャロンはきいた。

「できるだけ早くよ」ドクター・ペレスは鞄から心音計を取り出した。「さあ、これで赤ちゃんの心音が聞けるわ。手術着をめくってみて」

シャロンは仰向けに寝て手術着をめくった。アグスティンが心配そうな顔で近くをうろうろしている。

「ちょっと冷たいわよ」ドクター・ペレスが超音波検査用ジェルを腹部に塗り広げた。その冷たさを忘れていたシャロンは思わず顔をしかめ、力強い心音が聞けますようにと祈った。

なぜもっと早く妊娠に気づかなかったの？

自分を責めていると、産科で働くたびに耳にした音が聞こえた。大人よりずっと速く打つ心臓の音だ。

その瞬間、妊娠がなおいっそう現実味を帯びて、シャロンの目に涙があふれた。

私は妊娠している。赤ちゃんが生まれるんだわ。

「力強い音ね！」ドクター・ペレスが叫んだ。

「信じられない」アグスティンが満面の笑みを浮かべてつぶやいた。

「信じてちょうだい」シャロンはぎこちなく笑った。

ドクター・ペレスはシャロンの腹部と心音計のジェルを拭き取り、使った機器を鞄にしまった。「明日の午前九時に私のクリニックに来られる？　臨床検査申請書を用意しておくわ。その場で超音波検査の予約も入れましょう」

「九時に伺います」アグスティンがきっぱり応じた。

「もし祖母につき添ってくれる人が見つかればね」シャロンは言い返した。「明日の午前中は、ヘルパーのマリアが休みを取っているの」

「つき添いはサンドリーヌに頼むよ。喜んでやってくれるはずだ」アグスティンが言った。

シャロンはそれ以上言い返さなかったが、彼女の私事に立ち入り、相談もなく勝手に対策を決めたアグスティンに腹が立った。

「それでは、また明日」ドクター・ペレスは診察室を出ていき、アグスティンも見送りに出ていった。

シャロンは苛立《いらだ》ちを抱えたまま診察台に座っていた。サンドリーヌは前にも祖母につき添ってくれたことがある、とマリアから聞いている。それでもやはりアグスティンのやり方は気に入らない。彼に私の人生に干渉してほしくない。特に、いずれは私と私たちの子供を置き去りにするつもりならば。

自分の面倒は自分で見られる。いつもそうしてきた。頼れるのは自分だけ。

そう、自分だけなのだ。

6

アグスティンはシャロンをクリニックで待たせておいて、車を取りに歩いて家へ帰った。幸い、今回シャロンは妊婦には運動が必要だから自分も徒歩で帰るとは言わなかった。

どうやら彼女は、僕に抱かれて手術室から診察室へ運ばれたことで気を悪くしているらしい。通常はクリニック内でスタッフを抱いて運んだりしない。だがあのときは、結果を考える前に体が動いていた。

とにかくシャロンを守りたかったのだ。

そして今は、ただシャロンを家へ連れ帰って休ませたかった。彼女が失神するのを見たときは心底おびえた。倒れる前に抱きとめようと走り寄ったが、床に頭がぶつかるのを防ぐのが精いっぱいだった。

麻酔専門医のドクター・ヌニェスが友人のドクター・ペレスに電話をしてくれた。ドクター・ヌニェスにはシャロンが妊娠していると伝えるしかなかった。だが、お腹《なか》の子の父親が自分だとはスタッフの誰にも話していない。とはいえ、クリニック中に知られるのは時間の問題だろう。シャロンを抱いて診察室へ運び、診察の間もつき添ったのだから。

シャロンが無事で、明日もドクター・ペレスに診てもらえることになって、本当に安心した。胎児の心音を聞いたときには心がとろけ、世界がひっくり返った。今後は何一つ今までと同じではないだろう。

小さな心臓がはためく音を聞き、それが自分の子の心音だと知って怖くなる一方で、貴重なひとときを大切に胸にしまっておきたいとも思った。妊娠初期に亡くなった妻のルイーサとは、そんなひとときを分かち合えなかった。だからようやく自分の子の心音を聞くことができて、大きな衝撃を受けたのだ。

これからは行いを正し、シャロンとお腹の子を守っていかなければならない。

シャロンの面倒は誰が見るのかとドクター・ペレスにきかれたとき、アグスティンはためらいなく名乗りを上げた。この妊娠に関わりたい。スペインでは、つき合うことはできないとシャロンに言ったが、お腹に宿った小さな命が二人を結びつけたのだ。

アグスティンが自宅の私道に入ると、玄関前のステップにサンドリーヌの姿が見えた。異母妹は一人ではなかった。若い男の体に腕をまわしている。二人が何をしているかは明らかだ。アグスティンは両拳を握りしめた。

ディエゴのやつ。またしてもだ。

ディエゴのことは母からいろいろ聞かされて快く思っていない。父も亡くなる前はこの若者と娘の問題で頭を悩ませていたのだ。サンドリーヌは彼と真剣につき合うにはまだ若すぎる。

アグスティンは私道を進みながら咳払《せきばら》いをした。

サンドリーヌとディエゴはびくっとして離れた。若者はステップを駆けおり、アグスティンの横を走り抜け、サンドリーヌに手を振って去っていった。

「兄さんが脅かすから帰っちゃったじゃない」サンドリーヌが文句を言った。

「そもそも彼はここにいるべきではない」

「彼は私のボーイフレンドよ」

「僕は彼を信用していない」

「兄さんは彼のことを知らないのに、なぜ?」

「親父《おやじ》も彼を嫌っていた」アグスティンは不機嫌な声で答えた。

「そんなこと、兄さんが知るわけがないわ。パパが生きていたころはうちに寄りつかなかったのに」

確かにそうだ。痛いところを突かれた。父から聞いたわけではない。父とは関係を断っており、和解の手を差し伸べられても応じなかった。浮気をして離婚し、母の心を傷つけた父を許せなかったのだ。ブエノスアイレスでルイーサと幸せに暮らしていたころは、父の存在を無視するのはたやすかった。

ウシュアイアへ戻ってからは、サンドリーヌのことを知るために父の人生を理解しようと努めたが怒りは消えない。アグスティンは腕組みして言った。

「親父が母さんに話したんだ。その話を母さんから聞いた。母さんは、実の娘ではない君のことも大切に思っている。だから僕に教えてくれたんだよ」

兄さんは、私のことなんかどうでもいいくせに、とばかりにサンドリーヌがくるりと目をまわした。だが口に出しては何も言わなかった。

いいや、気にかけている。ただし父の生前、二、三回しか会ったことがなかった異母妹と関係を築くのは難しい。父が僕の母を捨ててサンドリーヌの母親と再婚したのは、サンドリーヌの責任ではない。

わかっているが、やはり関係構築は容易ではない。

「なぜクリーニング店へ寄らずに帰ってきちゃったの？」サンドリーヌは話をそらした。

「今朝はシャロンと一緒に歩いて出勤したんだ。ところがシャロンを車で自宅まで送らないといけなくなってね。だから車を取りに来た」

「シャロンがどうかしたの？」サンドリーヌは本気で心配しているようだ。

「もう大丈夫だ。彼女の妊娠を知っていたかい？」

「うん。だけど、本人は知らなかったと思う。賢いおばあちゃん《アブエラ》は気づいていて、私に教えてくれたけど」

アグスティンはほほ笑んだ。「ああ、アブエラは頭が切れる。そして、お腹の子の父親は僕だ」

「ええっ？」サンドリーヌは目を丸くした。

「五カ月前、シャロンと僕はブエノスアイレスで出会い……」アグスティンは顔がほてるのを感じ、髪をかきあげた。「とにかく、僕の子だ」

「やった！　私は叔母さんになるのね」サンドリーヌは大きな笑みを浮かべ、目を輝かせた。

アグスティンは唖然《あぜん》とした。「喜んでるのか？」

「もちろんよ。子供は大好きだもの。最高！」サンドリーヌは手を叩《たた》いた。

アグスティンはかぶりを振ったが、異母妹が喜んでくれたのをひそかに嬉《うれ》しく思った。「それじゃ、車でシャロンを迎えに行ってくる。明日は、僕が妊婦健診に連れていく。その間、アブエラにつき添ってもらえないか？」

「お安いご用よ！　今すぐアブエラにそう伝えてきてもいい？」

「ああ、マリアにもそう伝えてくれ。ただしアブエラはまだ僕が父親だとは知らない。それはシャロンから話すほうがいいだろう」

サンドリーヌはうなずいて、手を叩きながら隣の家へ駆けていった。これほど幸せそうな異母妹を見るのは……初めてだった。

少なくとも、アブエラの家にいる間はサンドリーヌがディエゴに会う心配はない。アグスティンは自分の車でクリニックへ戻った。シャロンはクリニックの外に座っていた。なんだか打ちひしがれた様子だ。またつわりでなければいいが。

彼は車から降りて、シャロンのために急いで助手席側のドアを開けた。「大丈夫かい？」

「ええ」シャロンは静かに答えて車に乗った。

アグスティンは運転席に戻り、エンジンをかけた。シャロンは無言で、じっと窓の外を見ている。どうやら僕に腹を立てているらしい。「シャロン？」

「怒っているのかときくつもり？」

「ああ」

「怒ってはいないわ。気分を害しただけ」

「だが目を合わせようともしないじゃないか」

彼女はゆっくりと振り向いた。「これでいい？」

「なぜ気分を害したんだ？」

「あなたは私に代わって勝手に診察を受けると決め、祖母のつき添いまで手配した。私がドクター・ペレスを好きになれないと感じていたらどうするの？」

「そう感じているのか？」

シャロンはため息をついた。「そうは言っていないわ。いい先生だと思う。ただ、あなたが私に相談もなく勝手に決めたことが問題なの。そういう男性優位のマッチョな態度は好みじゃない。私は自分の人生に自分で責任を持ち、自分とお腹の子と祖母に関することは自分で決めたいの。わかった？」

「わかった。すまない。少々舞いあがって出すぎたまねをした。明日の予約はキャンセルするかい？」

「いいえ。サンドリーヌが祖母を見てくれるなら、予約どおり行くわ」

「サンドリーヌは快諾したよ。君の妊娠も知っていた。教えるまで、僕の子だとは知らなかったが」

「すばらしいわ。ウシュアイアの住人全員が私の私生活を知ることになるのね」シャロンはうめいた。

「僕がサンドリーヌに話したせいで、かい？」

「いいえ。でもアブエラの耳に入ればそうなる。それに、あなたに抱かれて診察室へ行ったし」

「シャロン、どうせもうすぐお腹が目立ってくるだろう。そして僕が君につきまとっていれば、誰だってあれこれ考え合わせて気づくさ」

「今回は、あなたの言うとおりね」シャロンはくすくす笑いだし、二人の間の緊張は解けた。

「今回は、僕が正しいと認めてくれてありがとう」

アグスティンも笑顔になり、二人は笑みを交わした。

「気を失ったとき、あなたがいてくれてよかった。手術室で失神だなんて、とても恥ずかしいわ」

「恥ずかしがる必要はない。僕もあの場にいてよかったよ」その後二人は黙ったが、アグスティンはシャロンが機嫌を直してくれてほっとした。そして亡妻との口論を思い出した。

〝なぜいつも仕事ばかりしているの？〟ルイーサは泣きじゃくりながら言った。

〝僕たちの生活のために働かなきゃならないんだ。僕は病院では下っ端だから余計に働かないと〟

〝あなたは私より仕事が大事なのよ〟

〝いいや、違う〟だが実は、妻は正しかった。僕は働きすぎで妻と過ごす機会を失っていた。あの日も、妻は一人で車に乗って出かけた。僕が一緒にいれば……いや、僕にあの事故を防ぐことはできなかった。

過去を変えることはできないのだ。

シャロンの家に着くと、サンドリーヌがドアを開けて満面の笑みでシャロンに抱きついた。「アブエラには兄さんが父親だとは言ってないわ。でも自分が叔母さんになると思うと嬉しくて」

シャロンは不意打ちを食らって驚いたようだが、

低く笑ってサンドリーヌの背中を優しく叩いた。

「それを聞いて私も嬉しいわ。そして、明日アブエラのつき添いを引き受けてくれてありがとう」

「アブエラのことが本当に大好きだから。マリアやあなたの役に立てるなら、いつでも言ってね」

アグスティンはこれほど幸せそうなサンドリーヌを見た記憶がなかった。母から聞いた話でも、サンドリーヌは幸せな子供ではなかったようだ。

家へ入ると、アブエラがキッチンのテーブルの前に座っていた。「シャロン、おかえり！　何か私に話があるようだね？」アブエラは小首をかしげた。

「ええ」シャロンは不安げな笑みを浮かべてコートをハンガーにかけた。「昨日会ったドクター・アグスティン・ヴァレラを覚えているでしょう？」

「もちろん。私が取りあげた赤ん坊だ。昨日は転んで頭を打ったかもしれないが、覚えているとも。まだほんの八十歳。死んじゃいないよ」

シャロンは天井を仰いだ。「アブエラ、お腹の子の父親はアグスティンなの。バルセロナで開かれた医学会議で出会って……そのときは、お互いウシュアイアの出身だとは知らなくて……」

アブエラはにっこり笑った。「それはそれは、たいそう結構な話だ。〝いけないお遊び〟が議題の医学会議なんて想像もつかないが、なぜそんなお遊びに及んだかは理解できるよ」

シャロンの顔が真っ赤に染まり、アグスティンは笑い声をあげずにいられなかった。

「アブエラ、いい加減にしてちょうだい」

アブエラは手を振って孫娘の警告を振り払うと、隣に座ったサンドリーヌに向き直った。「叔母さんになるご感想は？」

「わくわくしてるわ。私たち家族になるのよ。ついに、本物の家族に！」

その言葉に、アグスティンの胸はちくりと痛んだ。

サンドリーヌにとって、僕は今まで家族ではなかったのだろうか？　答えはわかっている。父とのわだかまりのせいで、以前はサンドリーヌとも距離を置いていた。妹の人生には何かが欠けているのだと思うと、アグスティンは申し訳なく感じた。

「これで、私のことも本物のアブエラと呼べるね」

アブエラにそう言われて、サンドリーヌは横から老女の肩に片手をまわした。

「君は休んだほうがいい」アグスティンはシャロンにささやいた。「僕はクリーニング店へ行ってくる。ついでに町で何か夕食を買ってくるよ」今はこの場を離れて自分の気持ちを整理したかった。

「そこまでしてくれなくても……」シャロンが戸惑ったように下唇を噛《か》んだ。

「そうしたいんだ。そして、すぐに戻ってくる」

シャロンはため息をついて、ただうなずいた。

アグスティンは隣家を出て、車で町へ向かった。


隣家は温かな雰囲気に満ちていた。サンドリーヌは陽気で幸せそうで、アブエラは有頂天だった。ただしシャロンは元気がなかった。まあ、当然だが。僕自身、この状況になじめない。まるでみんなでささやかな家族を作ろうとしているかのようだ。ところがシャロンは僕と関わりたくないのだ。そして僕も彼女と関わることはできない。

家族になるのが怖いから。両親の離婚を、妻の死による苦しみを考えれば、永遠に続く幸せなどないとわかる。かつて一度は、愛と幸せに満ちた家庭という絵空事にだまされたが。

僕のおとぎ話はハッピーエンドではなかった。

シャロンは自分や祖母のことを勝手に決めたアグスティンに激怒したが、その気持ちを彼に話せてほっとしていた。私の人生に踏みこみ、関わろうとするアグスティンには不安を覚える。そんなふうに関わられることに慣れていないのだ。

彼が私たちの子供の人生に関わるのはかまわない。でも私や祖母の分まで夕食を買ってきて、うちでみんなで食べるのは行きすぎでは？　祖母とサンドリーヌが一緒にいて幸せそうなのは嬉しいが、アグスティンがこの家族ごっこに飽きて本物の家族になる相手を見つけ、その人といつまでも幸せに暮らしたいと思ったときは、どうなるの？

いろいろ考えすぎて神経をすり減らすのはまずい。今はそれでなくても血圧が通常より高いのだ。ウシュアイアに戻って以来、過去の暗い記憶を抑えつけながら祖母の世話を続けて疲れ果てていた。

「テーブルに郵便物が山積みになっていたわよ」サンドリーヌが教えてくれた。

「どうもありがとう」手紙やはがきの束を手に取ると、中に祖母あての役所からの書類があった。

なぜか胸騒ぎがして狭い居間に移動し、封を開けて読んでみた。祖母がブエノスアイレスに所有する不動産の税金滞納と追徴課税に関する通知だ。シャロンには用意できない大金だった。

サンドリーヌが席を立つと、シャロンはキッチンへ戻って祖母の隣に座った。

「アブエラ、ブエノスアイレスに不動産を持っているの？」シャロンは祖母に通知を渡した。

「いいや、持っていないはずだけど」祖母は通知を眺めた。「おかしいね。これなら五年前に売ったよ。手続きは、そのころ雇っていた税理士が全部やってくれた。不動産仲介業者の手配から、何もかも全部」祖母は困惑したように頭の後ろをさすった。

「少なくとも、私の記憶ではそうなっているけど。売るまでは、税金もちゃんと払っていた」

「それなら心配しないで。調べてみるわ」

「面倒をかけて悪いね」

「ただし調べるのに、私がアブエラの法定代理人になる必要があるかもしれない」

「必要なら、その書類にサインするよ。でもニューヨークのおばさんにもきいてごらん。何か知っているかもしれない」

「わかった。きいてみる」まずはおばさんと話して、この不動産に関する文書があるか確かめよう。それから私が祖母の代理人になってブエノスアイレスの役所と交渉しよう。まだ時間の猶予はありそうだが、通知の文面はかなり厳しい。よりによって今このタイミングで厄介な問題が起きたものだ。

この問題は私がなんとかするわ。シャロンは通知をバッグに入れ、そう心に誓った。母が亡くなり父に見捨てられてからは、なんでも自分で解決してきた。いつだって頼りになるのは自分だ。ほかの誰にも頼る必要はない。

何事も人に頼らないほうがいいのだ。

その後は居間へ行き、ソファでクッションにもたれていた。すると、お腹の子が動くのを感じた。胎動をはっきりと意識したのは初めてだ。皮膚の下で我が子が動いている。シャロンは思わずほほ笑み、お腹のかすかな膨らみに手を当てた。赤ん坊が指の下で動くのを感じて、笑みはさらに大きくなった。

「ママは頑張るわ」シャロンは赤ん坊にささやきかけた。「あなたが何一つ不自由なく暮らせるように。そして、あなたを決して独りぼっちにはしない」

赤ん坊が彼女の指を軽く押した。シャロンは笑い声をあげ、あふれかける涙をこらえた。今日は一日、感情の起伏があまりに激しく、いつもの冷静な自分らしくない。特にアグスティンに関して感情をコントロールできないことが、嫌でたまらなかった。

ノックの音がしてドアが開いた。アグスティンがテイクアウト用の袋をいくつも抱えて入ってくると、あとから雪が舞いこんだ。

「大雪だよ」アグスティンは息を切らして言った。

サンドリーヌが現れ、夕食の袋をキッチンへ運ぶのを手伝った。

アグスティンは居間のほうを見て、ソファに座ったシャロンと目を合わせた。「大丈夫かい？」

気遣いに満ちた声できかれて、シャロンはついほろりとさせられたが、彼を好きになるわけにはいかない。アグスティンはやがては去っていく。スペインでつき合うことはできないと言われ、私も永遠は求めないと応じた。だから彼を好きになって、心を危険にさらすわけにはいかない。

「ええ、大丈夫よ。夕食をありがとう」シャロンは作り笑いを浮かべて立ちあがった。

今この瞬間、アグスティンとサンドリーヌ、アブエラと私の四人が分かち合っているささやかな幸せは一時的なものだ。幸せは決して永遠に続かない。幸せのシャボン玉が割れるときに備え、常に身構えていなくてはならないのだ。

7

シャロンが祖母の家の窓から外の雪をぼんやり眺めていると、サンドリーヌが通りを歩いてきた。

一人ではない。ディエゴと一緒だ。

アグスティンはあの少年を毛嫌いしている。アグスティンがいなくてよかった、とシャロンは思った。

ここ二週間、アグスティンの姿は見ていない。手術室で失神してドクター・ペレスの診察を受けてから、もうそんなに長い時間が経《た》ったのだ。

サンドリーヌはディエゴとキスをして別れ、弾む足取りで祖母の家のステップを上がってきた。毎日学校帰りに隣の家を訪ね、おばあちゃん《アブエラ》の様子を見るのが自分の役目だと考えているのだ。

シャロンも異存はなかった。サンドリーヌが隣の家に独りぼっちでいると思うと胸が痛む。それがどんなに寂しいか、シャロン自身も子供時代に見捨てられてありありと覚えているから。

ニューヨークのおばは、シャロンに当時の記憶はないと考えたがっているが、記憶はある。サンドリーヌを見ると、当時の自分を見ているかのようだ。二人の違いは親に置き去りにされたときの年齢で、サンドリーヌのほうが年上だった。だから母親の失踪は寝耳に水ではなかったのかもしれない。実際、サンドリーヌの話では、彼女の母は以前からしょっちゅう娘を置いて家を空けていたらしい。

いずれにしろ、親に捨てられるなんてあってはならないことだ。

「こんにちは《オラ》、シャロン」サンドリーヌが明るい声で言った。「アブエラはお休み中？」

「今は寝てるわ。学校は楽しかった？」

「うん、今日は将来の仕事について話したの」サンドリーヌはバッグを置いて居間へ入ってきた。

「どうするか、もう考えているの？」シャロンは興味をそそられた。

「兄さんの望みは、私が外科医になることよ」

「あなたは、どう思っているのかしら？」

「それだと、長々と学校に通わなきゃならない。ディエゴの夢は、整備士になってここに住み続けることなのに」

どうりで、アグスティンがディエゴをよく思わないはずだ。ディエゴがサンドリーヌに与える影響を警戒しているのだ。医学校は遠く離れた土地にあり、職業専門学校は地元ウシュアイアにある。

「だからお兄さんはディエゴが嫌いなの？　彼があなたの将来を左右するかもしれないから？」

「そうかも」サンドリーヌは顔を赤らめた。「だからって、あなたまで彼を嫌ったりしないでしょ？」

「ええ。よく知らないけれど、いい人みたいだし」

「本当にいい人だもの。ディエゴのことをちゃんと知るようになれば、わかるわ」

でもその時間がない。祖母がもう売ったと思っていた不動産の税金滞納のせいで、この家を売らなければならないかもしれないのだ。不動産は売りに出されてさえおらず、仲介業者の手数料などの名目で祖母が払った金は、税理士がすべて持ち逃げしたのは明らかだ。ところが祖母の記憶はあいまいで、シャロンは情報集めに四苦八苦していた。

不動産に関する法律は州ごとに異なる。祖母の不動産はブエノスアイレスにあるので、現地へ行かないとわからないことも多い。

裁判になれば弁護士費用も高額だ。この家とブエノスアイレスの不動産を売れば、追徴課税を支払い、弁護士費用も賄える。すべての問題解決後に、祖母と自分と赤ん坊が住むアパートメントか小さな家を探すことになるが。その場合、ここより地価の安い地区へ引っ越すかもしれない。

祖母にこの話をどう伝えるか考えると胃が痛くなる。祖母は、今後は隣に住むアグスティンとサンドリーヌも自分の人生の一部になると思いこんでいるらしい。そんなことは確実ではないのに。

祖母は人を信じすぎる。思いやりがありすぎる。だから地元の誰からも愛されているのだ。そしてたぶん、だから五年前に税理士にだまされたのだ。

バルセロナでアグスティンに出会って以来、自分の人生がどれほど複雑になり、どれほど多くの人と関わるようになったかを考えると、シャロンは不安と恐怖で吐き気がこみあげた。

ニューヨークのおばが弁護士を紹介してくれたので、祖母の法定代理人になって税金滞納問題に取り組み始めたが、ひどく面倒で神経を使う作業だ。

看護師の仕事と祖母の世話をこなし、妊娠中の体を気遣い、その合間にブエノスアイレスの役所や関係先と電話とメールだけで話を進めるのは難しい。

「シャロン、大丈夫？」サンドリーヌがきいた。

「大丈夫じゃないみたい」頭痛がするし、吐き気もひどい。心配な状況だ。シャロンは立ちあがって血圧を測った。血圧も高い。至急、診てもらわなくては。「サンドリーヌ、救急車を呼んでくれる？」

「はい《シ》」サンドリーヌが電話をかけ、シャロンは床に座った。部屋がまわっている。不意にドアが開き、冷たい風が吹きこんだ。

「どうしたんだ？」アグスティンが叫んだ。

「そろそろ救急車が来るはずよ」サンドリーヌが答えた。それからパニックに陥った祖母をなだめているようだが、声が遠くてよく聞こえない。

アグスティンはシャロンの横にしゃがんだ。「大丈夫かい、愛しい人《ケリーダ》？」

「まためまいがしたの」どうにかそれだけ言ったとたん、世界が暗転した。

アグスティンはシャロンの病室の外をおろおろと歩きまわっていた。ここ二週間はシャロンと離れて仕事に没頭していた。距離を置くのが最善の策だと思ったのだ。私生活に干渉しすぎて逃げられたくなかったから。だが離れているのはつらかった。

手術室で失神した日の夜以来、シャロンは心に壁を築いていた。近づかないで、というサインを読み取り、僕は自分の得意分野に戻った。感情などの苦手なことを考えずにすむ分野――つまり仕事に。

そして今日、サンドリーヌからメールが来た。シャロンが体調を崩し、救急車を呼んだと。

それは悪夢のような出来事だった。親族ではないという理由で、僕は救急車に同乗すらできなかった。だからこうしておろおろと歩きまわるしかない。

ドクター・ペレスが病室から出てきた。

「どうですか？」アグスティンは尋ねた。

「血圧が高かったけれど、もう下がったわ。まだつわりが続いているし、脱水状態よ。水分補給の点滴が終わったら、家へ帰って二、三日休むことね」

　アグスティンは胸をなでおろした。「今、会えますか？」

「短時間なら。電解質が正常に戻るまでは、ここで安静にしていてほしいの。帰宅できる状態になったら知らせるわ」

「ありがとうございます《グラシアス》」アグスティンが病室に入ると、シャロンは天井をにらみつけていた。「気分はどうだい？」彼は椅子に座った。

「苛立《いらだ》っているわ。ドクター・ペレスが休めと言うのよ。私は仕事をしたいのに」

「気持ちはわかるよ」アグスティンは低く笑った。

「何がおかしいの？」シャロンは噛《か》みついた。

「〝医者の不養生〟というが、看護師も同じだな」

「確かに」シャロンがほほ笑み、苛立ちは消えたようだ。「私は人生の主導権を握っていたいのに、今はそれが全然できていない気がして……。今日、サンドリーヌから学校で将来の話をしたと聞いたわ。あなたの希望は、彼女が外科医になることだそうね。なぜ外科医になってほしいの？」

　アグスティンは心の中でうめいた。個人的すぎる質問だ。異母妹には専門職に就いて自立してほしい。娘を捨てた母親のようになってほしくないのだ。

「サンドリーヌは頭がいい。外科医になる能力がある。いい職に就けば、それだけ自由に生きられる」

「あなたが医師になった理由も、それなの？」

「今日は、やけに質問が多いな」

「この状態で、ほかに何ができるかしら？」

「なるほど。ああ、それも理由の一つだ。あとは、ただ人助けがしたかった。命を救う仕事……」妻を救えなかったと思うと最後まで言えなかったが。

医師も全能ではない。

「君は、なぜ看護師になったんだい?」

「同じ理由よ。自立したかったし、看護師さんに親切にしてもらったから……子供のころにね。私も人助けがしたいと思ったの」

「実に立派な動機だ」アグスティンは笑みを浮かべ、無意識にシャロンの手を取った。自分の大きな手の中で、それはとても小さく華奢《きゃしゃ》に見えた。

彼女のお腹《なか》の中で育つ小さな命のように。

アグスティンは彼女の手を放し、立ちあがった。

「君は休まなきゃいけない」

「わかったわ。アブエラは大丈夫?」

「サンドリーヌが留守を守ってくれてる。これから二人の様子を見てくるよ。そしてまた戻ってきて、君を家まで送る」

「いろいろとありがとう」

アグスティンはうなずいて病室を出た。心がどんどんシャロンにとらわれていく。とらわれすぎだ。

今回の妊娠で、彼女には負担がかかっている。

シャロンの、そして赤ん坊の身に何か起きるのではと考えて、アグスティンは恐怖に襲われた。そうなったら、僕の心が耐えられるかどうかわからない。


二度目の失神以来、シャロンは一週間仕事を休んだ。休んでいる間は不安でたまらなかった。出産までは、できるだけ多く働いておく必要があるのだ。

やっとシフトに戻れたときには、ボトックス注射を受ける患者の対応といった責任の軽い業務を割り当てられても不服はなかった。重要なのは、とにかく働いて給料をもらうことだけだ。

アグスティンは相変わらずよそよそしかった。別にかまわないと思う一方で、シャロンはやはり彼が恋しかった。

二度目の失神後に病室でアグスティンと話してか

ら、何かが変わったのだ。それがなんなのか、わからないけれども。

ナースステーションで患者の術前評価をまとめていると、アグスティンが入ってきた。

「そろそろ検査に行けるかな？」

「検査？」頭の中をぐるぐるまわっている種々の考えを振り払うように、シャロンはかぶりを振った。

「もう四時だよ。僕たちの超音波検査の予約は十五分後だ。準備はいいかい？」

「ああ、そうだったわね」シャロンはもう一度かぶりを振って、術前評価のファイルを閉じた。「ごめんなさい。少しぼうっとしていたの」

「まさか、またためまいじゃないだろうね？」

「いいえ、めまいも吐き気もないわ。大丈夫よ。さあ、行きましょう」自分の面倒は自分で見られるわ。シャロンは病人扱いされたことが不満だった。

アグスティンはシャロンのコートを持ってきてくれていた。検査は、歩いてすぐの隣のビルで行われる。ドクター・ペレスのクリニックもそのビル内にある。外は雪で、霧がかかっていた。

六月になってから荒れた天気が続いている。

シャロンは凍った地面で足を滑らせ、アグスティンがさっと手を伸ばして転ばないように支えた。分厚いコート越しでも、背中に彼の手のぬくもりが伝わってくる。シャロンの体はその感触に反応した。

「ありがとう」彼女はささやいた。

「どういたしまして」アグスティンはビルのドアを開けた。二人は中に入って超音波検査室へ案内された。シャロンは検査台に横たわり、アグスティンはその横に立った。

彼はとても緊張しているように見える。それとも、私の緊張を彼に投影しているだけかしら。「大丈夫？」シャロンは両手を胸の上で組んで尋ねた。

「大丈夫だ」アグスティンはこわばった声で答えた。

「そうは見えないけど」

「実は、大丈夫じゃないんだ」彼はシャロンのほうを見ずに言った。

シャロンは大丈夫ではない理由をききたかったが、ちょうど超音波検査技師が部屋に入ってきた。

「オラ！　検査を担当するマリポーサです。シャロン、事前に水をたくさん飲んできましたか？」

「はい。今にも膀胱《ぼうこう》が破裂しそうです」

マリポーサはくすくす笑った。「皆さん、そうおっしゃいます。さて、シャツを上げてズボンを下ろしてください。二十二週目でしたっけ？」丸みを帯びてきた腹部を見て、検査技師がきいた。

「二十三週目です」アグスティンが答えた。

「あら、それなら性別がわかるかもしれませんね。知りたいですか？」

シャロンはアグスティンを見た。「知りたい？」

「僕は知りたい」

「私もよ」シャロンはほほ笑んだ。

「了解！　では、お腹にジェルを塗って検査を始めましょう」技師は検査用ジェルを腹部に塗り広げ、シャロンは固唾をのんでモニター画面を見つめた。

やがて画面上に白黒の小さく不鮮明な像が現れ、シャロンは心臓が喉までせりあがるのを感じた。その表現は知っていたが、実感するのは初めてだ。授かる日が来るとは夢にも思わなかった赤ちゃんを初めて目にして、本当に喉がつかえて苦しい。

まさに奇跡だ。

「とても元気そうですよ」マリポーサは胎児の写真を撮り、体長を測った。

シャロンは横目でアグスティンを見た。彼は無言で顔も無表情だったが、検査画面を見つめたままシャロンの手を握りしめた。アグスティンが赤ん坊の姿を見て何を感じたのかはわからない。でもシャロン自身は、自分の感じている気持ちが愛だとわかった。小さな命への、我が子への愛だ。

私の赤ちゃんは、決して誰にも傷つけさせない。この子には、私が負ったような心の傷は決して負わせない。この子はいつも愛され、決して寂しい思いをすることはない。シャロンはそう心に誓った。

「この場で性別をお教えしますか？」技師が尋ねた。

「シ」シャロンは息をひそめてささやいた。

「女の子ですよ。おめでとうございます」

シャロンの頬を涙が伝った。アグスティンが彼女の横にひざまずいて、親指の腹で涙をぬぐってくれた。二人の視線が絡み合い、シャロンの胸は喜びではち切れそうになった。この特別なひとときを彼と分かち合えて嬉《うれ》しい。でもアグスティンに心を許せば傷つくことになる。気を引きしめるべきなのに、今のシャロンはただ彼の優しさにうっとりとろけていた。

「お渡しする写真を用意してきますね」マリポーサは明るく言って検査室を出ていった。

シャロンはジェルを拭き取り、起きあがった。

「気分はどうだい？」アグスティンがきいた。

「最高に幸せな気分よ。でも赤ちゃんが健康でさえあれば、性別はどちらでも嬉しかったはずだわ」

「同感だ。けれど今この瞬間は、女の子だったことがほんの少しだけ余計に嬉しい。その子が君に似ているなら特にね」

思いがけない甘い言葉をかけられて、シャロンは頬が熱くなった。「グラシアス」

「お祝いにディナーに行かないか？　今夜はサンドリーヌがアブエラにつき添ってくれる」

「前もって予約していたの？」

「ああ」アグスティンは顔をほころばせてウインクした。「町外れにこぢんまりした打ってつけの店がある。ホテル内のレストランで、ビーグル水道を眺めながらしゃれたディナーを楽しめるよ」

シャロンは片方の眉を上げた。「この雪の中、ビーグル水道までドライブするつもり?」

「雪はやみかけている。まだ早い時間だし問題ない。ほら、おいで」アグスティンが手を差し伸べた。

町外れまでディナーに行くなんてばかげていると思ったものの、今日は金曜日。明日はクリニックも休みで私は非番だ。水辺のディナーはのんびりできて快適かもしれない。それに冬季の六月は観光客で道が混む心配もない。静かで落ち着けるはずだ。

とはいえ、アグスティンと二人きりと考えただけで不安をかき立てられる。彼とは距離を置こうとしているところなのに、一緒に出かけたらその努力がふいになる。でもシャロンは理性の説得に耳を貸さなかった。差し伸べられた手を取り、立ちあがってコートを着た。「だけど、高級ホテルへ行けるような恰好《かっこう》をしていないわ」

「それほど高級な場所じゃない。今のままで十分だ。ちょっとしゃれた店というだけさ」アグスティンは彼女の背中に手を当て、二人はクリニックの駐車場まで歩いた。彼が車のドアを開け、シャロンは助手席に収まった。

雪はやみ、日没が近い。シャロンは冬のこんな時間帯が好きだった。アルゼンチンとチリの国境に連なる山々の峰に、太陽が沈んでいく。空は温かなオレンジ色の濃淡に染まっているが、灰色や黒の雲も見える。冬の嵐や寒気の前触れだ。

寒くて暗い冬はシャロンにとってくつろげる季節だ。ただ、それが六月というのが今一つしっくりこない。彼女にとって、六月はいつも夏の象徴だった。

「冬の六月がどんな感じか忘れていたわ。これから、暖かいクリスマスにも慣れなきゃいけないのね」

「僕は暖かいクリスマスには慣れている。だが冬の寒さは苦手だ。いつも苦労してきた」

「お母様はブエノスアイレスにお住まいなの?」

「ああ。もともとそこの出身で、父と離婚後は故郷へ帰ったんだ。両親が別れたとき大学生だった僕も、ブエノスアイレスの医大へ行った。その後も長く向こうに住み、ウシュアイアへは五年前に戻ってきたばかりだ。君のご両親はどうしてるの？」

　シャロンは喉にこみあげた塊をのみくだした。いつかはその話になるとわかっていたが、したくない話だ。子供時代のつらい体験は、繰り返し語るより忘れるほうが楽だった。そうすることで前へ進み、自分自身の人生を切り開いてきたのだ。

「母は私が九歳のときに亡くなったわ。半年後、父が私と二人で住んでいたニューヨークの家を出ていった。そして二度と戻ってこなかった。幸い、母方のおばが同じニューヨークに夫と住んでいて、警察に呼ばれて来てくれたの」

「なんてこった……どれくらい独りぼっちで過ごしたんだ？」

「一週間」シャロンはつぶやいた。恐ろしい日々の記憶がどっと押し寄せてきた。あの一週間は家から出ずに、シリアルや見つけたものを手当たりしだいに食べていた。突然現れた警官や心配そうな顔の隣人が怖かった。取り乱したおばが泣きそうになりながら警官と話していたけれど、私は何が起きているのかわからなくて、ただ人形を抱きしめていた。

「ケリーダ、気の毒に」アグスティンがささやいた。

　以前もそう呼ばれたことがあったが、特に注意を払わなかった。でも自分の過去を少し打ち明けた今は、その呼びかけが気になる。

　私は彼の〝愛《いと》しい人〟ではない。

「ケリーダですって？」

「ああ、君にふさわしい呼び名だ。君は僕の子供の、というか、僕の娘の母親だからね」

　アグスティンにそう呼ばれると嬉しい。でも嬉しがるべきではない。家族からそう呼ばれるのは、自然で正しいことに思える。けれどアグスティンは家族ではない。嬉しくて頬がほてったが、そんなふうに彼の言葉や態度に一喜一憂する自分に腹も立った。

「お父さんは見つかったのかい？」アグスティンが静かにきいた。

「いいえ、どこでどうしているか見当もつかないわ。私の親権をおばに譲るための書類を送ってきたときも、封筒に差出人の住所はなかった。父の消息は知らないし興味もないの。あなたもサンドリーヌのお母さんの居場所は知らないでしょう？」

「ああ。哀れな娘を一人残して去っていったきりだ。だがサンドリーヌは幼い子供ではないし、母親の不在には慣れていたそうだ。父と二人きりのことも多く、あの子は父の世話をしていた。父が重病だなんて、僕は全然わかっていなかった」

「お父様に会いに行かなかったの？」

「ああ。母への仕打ちを許せなかったんだ。でも優しい母は父を許した。たぶん自分も再婚したからだろう。父の死後サンドリーヌがウシュアイアの家に一人置き去りにされ、その家の相続人は僕だと教えてくれたのは母だ。幸い、僕はすでにブエノスアイレスからこっちへ戻ってきていた。だから実家でサンドリーヌと暮らすことにした」

　ウシュアイアの町の明かりをあとにして車が西へ進むにつれ、あたりは暗くなってきた。そのとき、前方に点滅するライトが見えた。「何かしら？」

「車が側溝にはまっているみたいだな」

「確かめたほうがよさそうね」

　アグスティンがその車の後ろに停車すると、二十代くらいの若い男性が懸命に手を振っている。アグスティンは窓を開けた。「どうしました？」

　何を言われたかわからないのか、男性は戸惑った様子だ。「スペイン語、話せない《ノ・アブロ・エスパニョール》」片言のスペイン語で言って、あとは英語で何かつぶやいた。

「アメリカ人ですか？」シャロンが英語で尋ねた。

「イエス。君もアメリカ人？」男性がきき返した。

「ええ。何があったの？」

「妻とハイキングをしていたんだ。ところが車でホテルへ戻る途中、凍った道路でタイヤが滑り、側溝にはまってしまった。けがはしなかったが、レッカー車の到着まで一時間くらいかかると言われた。運悪く、待っている間に妻が産気づいて。救急車を呼ぼうとしたけれど、今度は携帯電話の電池が切れた。携帯電話を持っていないか？」

「いったい何があったんだ？」英語がわからないアグスティンは途方に暮れている。

「奥さんが産気づいて、携帯電話が電池切れですって」シャロンは男性に向き直った。「彼は医師で、私は看護師よ。救急車を呼んでから、あなたの奥さんを診せてもらうわ」

「ああ、よかった。本当にありがたい。ところで、僕はケヴィン。妻はデイナだ」

シャロンは笑みを浮かべた。「私はシャロン。彼はアグスティンよ。ケヴィン、奥さんはどこ？」

ケヴィンが速足で歩きだした。シャロンが窓からのぞくと、側溝にはまった車のボンネットに覆いかぶさるようにして陣痛にあえいでいる女性が見えた。

「アグスティン、急いで救急車を。あの様子だと、救急車が来るまで待てないと思うけど」

「わかった。君も無理をするなよ」

アグスティンは携帯電話を取り出し、シャロンは慎重に車から降りた。若い夫婦のそばまで行ったとき、車の後部座席で子供が眠っているのに気づいた。車はミニバンだ。雪道に強い車とは言えない。

「まあ、もう一人いるのね。あの子は大丈夫？」

ケヴィンはうなずいた。「もちろんさ。僕の息子は一度寝たら何があっても起きないんだ。デイナ、こちらはシャロン。看護師さんだよ」

デイナが痛みのせいでうつろな青い目を上げた。

「ああ、助かったわ」

「まずは車に乗りましょう。ケヴィン、毛布はある？」シャロンはきいた。

「あるとも。生活に必要な品は一切合切このバンに積んで、アラスカから旅してきたんだ」

「それじゃあ、妊婦健診は受けていないの？」シャロンは驚きに目を見開いた。

「私は大丈夫よ。ディランも自宅で産んだんですもの」デイナがあえぎながら言った。

「わかったわ。とにかく診せてちょうだい」シャロンとケヴィンは、デイナをどうにかミニバンの後部に乗せた。ありがたいことにベッドが設置されている。シャロンも乗りこみ、デイナがくつろげるようベッドに寝かせた。「もう破水したの？」

「ええ」ダイナは陣痛の合間に息を切らして答えた。

ケヴィンが妻のズボンを脱がせ、体をシーツで覆った。そこへアグスティンが応急鞄《かばん》を持って現れた。「救急車はこっちへ向かってるよ」

「彼はなんて言ったんだい？」ケヴィンがきいた。

シャロンはケヴィンのために英語で言い直した。

アグスティンは上着を脱いで応急鞄を開けた。大したものは入っていないが、ないよりましだ。彼とシャロンは手を消毒し、使い捨て手袋をはめた。

「さあ、診てみましょうね」シャロンは言った。

デイナがうなずき、ケヴィンは妻の手を握った。

アグスティンが懐中電灯でシャロンの手元を照らす。

触診してみると、赤ん坊の頭が下りてきているのが感じられた。「デイナ、赤ちゃんは生まれる準備ができているわ。もういきんでも大丈夫よ」シャロンはアグスティンのためにスペイン語で言い直した。

アグスティンがにっこり笑った。見た人をリラックスさせる魔法の笑みだ。彼は懐中電灯をケヴィンに渡してシャツの袖をまくり、赤ん坊を受け止めるためにしゃがんだ。

「アグスティン、赤ちゃんを取りあげたことはあるの？」シャロンはきいた。

「あるよ。君はここでしゃがまないほうがいい」

確かに、こんな狭い場所で妊婦の私がしゃがむのは危険だ。「そのとおりね」シャロンはささやいた。

「デイナ、次の……陣痛で……プッシュ。ベビーは……すぐそこまで来ている」アグスティンが片言の英語で指示した。

デイナはうなずいた。また陣痛に襲われて大きな腹部が張りつめ、シャロンはいきむよう促した。デイナは叫び声をあげ、アグスティンはスペイン語で励ましたが、これは翻訳しなくても通じたようだ。
二、三度いきんだだけで赤ん坊の肩が現れ、小さな男の子がアグスティンの腕の中に滑り落ちた。
しかし赤ん坊は泣き声をあげなかった。

「毛布が必要だ」アグスティンは冷静な声で言ったが、シャロンはその奥底にある緊張を聞きとった。

この赤ちゃんは死んでしまうかもしれない。

「この子はなぜ泣いていないの？」デイナがきいた。

シャロンはアグスティンに清潔な毛布を渡した。アグスティンは赤ん坊の背中を軽く叩《たた》き、シャロンは泣き声を引き出そうと小さな顔と体をさすった。

「息をしていない」アグスティンは小声で言うと、赤ん坊の頭を後ろに傾けて気道をチェックした。それから人工呼吸を始めた。小さな胸が上下しだすと、今度は指で心臓マッサージを開始した。

一回胸を押しただけで、赤ん坊は泣き叫んだ。

シャロンはほっと息をついて、ようやく自分が息を止めていたことに気づいた。アグスティンは大きな笑みを浮かべ、へその緒を切ってから赤ん坊を毛布で包んだ。そして心配そうな顔の両親に向かって親指を立ててみせた。「大成功《ブエノ》だ」

「男の子よ」シャロンは赤ん坊をデイナに抱かせた。

デイナは泣きながら小さな男の子を腕に抱いたが、そこで彼女の顔は苦痛にゆがんだ。体内に残っている胎盤のせいではなさそうだ。シャロンは気が滅入《めい》るのを感じた。

「また陣痛が始まったみたい」シャロンはアグスティンに言った。

「また?」アグスティンはもう一度診察した。「もう一つ頭が見えるぞ」

「お母さんは双子だとは知らなかったのよ。妊婦健診を受けなかったから」シャロンが説明した。

アグスティンは無言で、ただ顔をしかめて仕事に戻った。今度は女の子だった。そして今回は母親のお腹から出てアグスティンの腕の中に着地したとたん、豪快な泣き声をあげた。

アグスティンは喉の奥で低く笑い、優しい目でシャロンを見た。

シャロンはずっと涙をこらえてアグスティンの活躍を見守っていた。フエゴ島の道端で、救急車の到着も待たずに大急ぎで生まれた双子を、アグスティンは取りあげてくれたのだ。彼のたくましい腕の中で、赤ん坊は本当に小さく見える。その女の子を彼が母親に手渡す場面を眺めていると、やがて生まれる自分たちの娘のことを考えずにいられなかった。

シャロンがアグスティンにほほ笑み返したとき、救急車のサイレンが聞こえた。ケヴィンとデイナ、小さな双子とやっと目覚めたディランはミニバンの後部で体を寄せ合っている。幸せな家族だ。

シャロンはケヴィン一家がうらやましかった。私もあの人たちが持っているものが欲しい。道端での出産は望まないけれど、アグスティンの愛と彼との子供たちが――家族が欲しかった。

アグスティンはようやくシャロンを連れていきたかったレストランへ行けた。だが狭い車内で双子を取りあげて二人ともくたくただったので、料理は持ち帰りにしてもらった。それからビーグル水道を見渡せる人けのない場所まで車を走らせた。

これは計画したディナーとは違うが、あの家族の力になれてよかったとアグスティンは思った。最初に生まれた男の子が息をしていなかったときには亡妻の事故の記憶がよみがえり、シャロンが失神したとき同様、恐怖に襲われたが。

幸い、シャロンの助けもあって赤ん坊は生き延びた。難しい出産の間中、シャロンは冷静で頼りになった。あのとき、二人は真のパートナーだった。

ケヴィン一家は固い絆《きずな》で結ばれた家族に見えた。深く愛し合っているようだ。僕も母からはそんなふうに愛されたが、父からはあまり愛されなかった。

ところが、そういうそばから固く封印した遠い記憶がよみがえってきた。幸せなときもあったのだ。固い絆で結ばれた愛情深い家族の記憶があったからこそ、そういう家族が欲しくて結婚したのだ。

愛と幸せを夢見て。

今は、もう人生に疲れている。

辺鄙《へんぴ》な場所に止めた車内で、アグスティンは助手席のシャロンを見た。目を輝かせて紙箱入りの料理を食べる彼女の姿に、なぜか胸が弾んだ。

今日は超音波検査につき添って、さまざまな感情があふれた。モニター画面上の小さな胎児を見たときには、長年感じたことのない喜びに満たされた。でもそこには、やはり不安もあった。

どうしてもルイーサを失ったことを考えずにいられない。妻がどれほど超音波検査を、胎児の姿を見る日を楽しみにしていたか、それればかり考えてしまう。ルイーサの事故を忘れられない。あの夜、悪天候の中、僕が仕事を優先したために、身重の妻は一人で運転して出かけたのだ。

妻と子供を失うことで、僕はその代償を払った。

そして今ここウシュアイアで二度目のチャンスを得た。だが自分にはチャンスを得る資格はないと思っている。だから喜びや興奮を感じると不安になる。それでもやはり嬉しいし、わくわくする。

シャロンがデイナに手を貸して、僕と二人で双子を取りあげたときには、愛と喜びに満たされた。夢にまで見た二度目のチャンスがシャロンの中で育っていると思うと、誇らしくて自慢したくなる。

とはいえ、シャロンは僕の家族ではないのだ。

「ずいぶん静かね。大丈夫？」シャロンがきいた。

「どうやら双子の誕生というショックから、まだ立ち直れないらしい。君にはしゃれたレストランで贅《ぜい》沢《たく》なディナーを楽しんでもらいたかったのに。車の中でテイクアウト料理とはね」

「あら、テイクアウト料理は大好きよ。しゃれた店なら、前に連れていってくれたじゃない。バルセロナのカフェでサングリアと小皿料理《タパス》を楽しんだわ。忘れたの？」

アグスティンは顔をほころばせた。「忘れてはいないが、あの夜は食後の出来事が印象的すぎてカフェの記憶はかすんでしまった」こよなく美しい君の体は隅から隅まで覚えているけれども。

「私も真っ先に思い出すのはあの出来事だわ」シャロンは丸みを帯びてきたお腹に手を当てた。

「僕もいいかな？」アグスティンはきいた。

「あなたも触りたいの？」きき返す彼女の声には、かすかな期待がこもっていた。

「ああ、触れてみたくてたまらない」

「もちろん、かまわないわ」

アグスティンは手を差し伸べ、膨らみに触れた。この中で小さな命が、僕の娘が育っている。そして五カ月もしないうちに僕は父親になる。そう頭では理解していても、心が納得するのは難しかった。

と、そのとき、シャロンのお腹に当てた手を軽く押し返されるのを感じた。誰かがアグスティンの手のひらを軽く一突きしたのだ。

僕の娘は現実に存在して元気に育っている。理屈では知っていた事実を、娘が実感させてくれた。私はここにいると教えてくれたのだ。その瞬間、アグスティンの全身に愛が満ちあふれた。そしてシャロンと娘を守りたいと思った。

「あなたも感じた？」シャロンが声を弾ませた。

「ああ、感じた」アグスティンは答えた。

シャロンもお腹に手を当てるとまた赤ん坊が動き、二人は顔を見合わせてほほ笑んだ。

「私たちの娘もこのディナーが気に入ったみたい」

「上等な料理だからね。舌の肥えた娘でよかった」

アグスティンはコンソールボックス越しに、相変わらず美しい顔にそっと手を触れた。シャロンが目を閉じると、彼はその額にキスをした。「グラシアス、ケリーダ」

「まあ、なんのお礼かしら？」

「僕たちの娘を大切に育ててくれていることへの」

シャロンは笑みを浮かべた。それから身を乗り出して、彼の唇に羽根のように軽いキスをした。スペインでの初めてのキスと、それに続いたキスの思い出がいっきに押し寄せて、アグスティンは彼女の顔を両手で挟み、キスを深めた。

シャロンがうっとりと唇を開き、アグスティンは舌を差し入れて久しぶりに彼女の味を満喫した。たとえシャロンが僕のものではなくても、ずっと恋しかったし、ずっとこうしたかった。だがそこで思い出した。僕たちはなんの約束もしていないし、僕はいつかはここを去るのだ。

「すまない」アグスティンは身を引いた。

「謝らなくていいわ。私が仕向けたのよ。ちょうど赤ちゃんが動いて、それに例の双子の出産もあって、一瞬気分が高揚してしまったの」薄暗がりでシャロンの瞳がきらめき、アグスティンの胸は痛んだ。

「二度とこんなことが起きないようにしなくては」

「起きないわ。あなたとは友人でいたい。互いに気まずい思いをせずに一緒に働いていきたいの」

「わかった。友人でいると約束する」

「さて、そろそろ帰ったほうがいいわね。夜も更けてきたし、もうくたくたよ」

「確かに帰る時間だ」アグスティンはシートベルトを締めた。「今日は楽しかった」

「私も」シャロンはほほ笑んだ。

彼はエンジンをかけ、ゆっくりと町へ向かった。相変わらず血がたぎり、体はシャロンを求め、欲しいものは全部ここにあるのに、なぜここを去る必要があるのか、という疑問が浮かぶ。だがかつて僕はすべてを持っていた。そして失ったのだ。二度と同じ苦しみを味わいたくない。

8

ウシュアイアの町へ向かいながら、アグスティンはまださまざまな感情と悪戦苦闘していた。さらに妻の死を悼む気持ちが不意に生々しくよみがえり、心痛にどう対処すればいいのかわからなかった。

父の死後、実家へ戻って父の遺産や異母妹の問題に取り組もうと決めたときには、それはたやすく思えた。だが現実はまったく容易ではなかった。ところがシャロンの家へ足を踏み入れたとたん、そうしたさまざまな悩みを考える暇はなくなった。超音波検査の結果について、シャロンの祖母とサンドリーヌからいきなり質問攻めにされたのだ。

赤ん坊が女の子だと知ってサンドリーヌは大喜び

だったが、アグスティンはただ呆然《ぼうぜん》とその場に棒立ちになっていた。とにかく一人になりたい。

「電話をかけなきゃならないんだ。ちょっと失礼するよ。すぐ戻る」彼は慌てて言った。

「わかったわ。どうぞ」シャロンがうなずいた。

アグスティンは隣家を出て自宅に入り、まっすぐホームバーへ向かった。そして苦みの効いたハーブリキュールを一杯ついだ。

そのとき、ズボンのポケットで携帯電話が鳴りだした。取り出してみると母からだ。

「やあ、母さんにしては遅い時間の電話だね」

「ええ、眠れなくて。サンドリーヌがこちらの学校をやめてから、あの子とあなたが仲よくやっているか確かめたくて電話したの」

アグスティンはくすくす笑った。「本当は、今日の超音波検査の結果を確かめたかったんだろう」

母も低く笑った。「サンドリーヌとあなたのことが心配だったのよ。でも検査結果も知りたいわ」

「女の子だった。とても元気そうだと言われた」

「女の子？　なんてすてきなの！」母は声を震わせた。「それで、あなたはどんな気分？」

「気分は悪くない」

「まったく、いい加減にしなさい。あなたが感情豊かなのは知っていますよ。でもその感情を隠すのが得意なの。お父さんにそっくりだわ」

アグスティンは父と比較されて苛立《いらだ》った。僕は妻と息子を捨てて去っていった父には全然似ていない。父はいつだって仕事を最優先にしていた。

お前も同じじゃないのか？

彼は心のささやきを無視した。今はその疑問に対応できない。あまりに多くの感情が入り乱れて精神的に参っているのだ。母とその話はしたくない。

また電話が鳴った。今回はクリニックの術後ケア病棟からだ。「母さん、クリニックから電話が入った。患者の件だ。行かなきゃならない」

母はため息をついた。「わかった。また電話するわ。赤ちゃんのことは本当に嬉《うれ》しかった。シャロンに会うのが待ちきれないわ。できるだけ早くブエノスアイレスへ連れてきてね」

「おやすみ、母さん」アグスティンは電話を切り、クリニックからの電話に出た。

「アグスティン、ピラーです。先生の患者、アロンドラが高熱を出して。熱を下げようとしましたが、縫合部分の糸が緩んできています。先生に診てもらわないと。患者の家族が主治医以外の治療を拒否してるんです」

「すぐ行く」アグスティンは電話を切った。

ドアを開けると、玄関前のステップにシャロンが立っていた。すでに服を着替え、髪も三つ編みにしている。僕はそんなに長く母と話していたのだろうか。腕時計に目をやると、隣家を出てから一時間以上が経《た》っていた。

「なかなか戻ってこないから、サンドリーヌが心配しているわ。あの子、ケーキを焼いてくれたのよ」

「すまない。電話のあとにクリニックから連絡が入った。アロンドラの具合がよくないらしい。家族は僕に対応してもらいたがっているそうだ」

「アロンドラは私が術後ケアを担当している患者よ。一緒に行って手伝ってもいいかしら？」

「だが、君の体は大丈夫かい？」

「大丈夫。私は元気だし、これは私の仕事よ。アロンドラは私の患者でもある。役に立ちたいの」

アグスティンはうなずいた。「よし、一緒に行こう」

シャロンは駆け足で自宅へ戻り、十分後にハンドバッグと手術着の上下を持って出てきた。

二人はほとんど言葉を交わさずにアグスティンの車でクリニックへ向かい、着いてからそれぞれの更衣室で手術着に着替えた。

アグスティンが病棟へ行くと、シャロンはすでにカルテを手に夜勤の看護師のピラーと話をしていた。

「どんな具合だい、ピラー？」アグスティンは尋ねて、シャロンからカルテを受け取った。

「アロンドラの体温は四十度まで跳ねあがり、下げることができませんでした。切開部を調べたとき、縫合の糸がほどけているのに気づきました。排膿《はいのう》と感覚の喪失も見られます」

アグスティンは顔をしかめた。「抗生物質の投与は始めたのか？」

「はい。でも先生に来てもらったほうがいいと判断しました。アロンドラのご主人がとても頑固で、主治医に診させろと言って聞かないんです。看護師だけではだめだと言われました」

アグスティンはあきれて天を仰ぎたくなる気持ちを抑えた。アロンドラの夫のことはよく知っている、というか、評判はいろいろ聞いている。マックスは新しい妻に腹部の脂肪除去術を受けさせるべく、わざわざブエノスアイレスから飛んできたのだ。確かにアグスティンは美容外科手術も得意だが、最近は病院の勤務医として頭皮裂傷や口蓋裂の治療に当たっていたころを懐かしく思い出す。このクリニックではそんな症例はまれだ。たまに癌《がん》摘出後の再建手術などを行うと、患者からはいつも感謝されるし、アグスティンも重篤な病との闘いに勝った患者に畏敬の念を覚える。一方、裕福な患者のわがままにはうんざりし始めていた。

アロンドラも裕福な患者だ。そして特権を振りかざしたがる。その結果、僕はここへ呼びつけられた。

アグスティンはドアをノックして特別個室へ入った。「アロンドラ、少々具合がよくないそうだね」

「それどころじゃないぞ」夫がぼそっと言った。

アロンドラは顔をしかめて訴えた。「ドクター・

ヴァレラ、なんだか苦しいわ」

アグスティンは患者に歩み寄り、バイタルをチェックした。脈が速く、心拍数が高い。彼は眉をひそめた。「シャロン、血液検査の結果を調べてくれ。ピラーが採血している。感染症の兆候を見るために血球数算定検査《CBC》のデータも必要だ」

「すぐ調べます」シャロンは個室を出ていった。

「アロンドラ、お腹《なか》を診せてもらいますよ。かまわないかな？」

「ええ」アロンドラは弱々しくうなずいた。

アグスティンは腹部の包帯を慎重に外した。切開部は赤く腫れて縫合が緩み、排膿が見られる。固いしこりもある。あたりをそっと押しても、しこり付近以外では患者は反応しなかった。

一種の細菌感染症だ。たぶん壊死《えし》性軟部組織感染症だろう。症状を引き起こしている細菌を特定する必要がある。そうすれば効果的な治療ができる。

「それで診断は？」マックスが横柄に尋ねた。

「感染症です。今は血液検査の結果待ちで、すでにペニシリンの投与を始めています。細菌が特定できしだい、その菌に特化した治療を開始します。患部をきれいにするために創面切除術も必要です」

「また手術をするの？」アロンドラがめそめそと泣きだした。

マックスが妻をなだめている間、アグスティンは説明を続けた。「幸い、早い段階で感染症と判明したので症状が進む前に治療できると思います。今夜は僕もここに泊まって奥さんの病状を随時確認し、そのつど最新状況をお知らせします。また看護師のシャロンにつき添ってもらいます。アロンドラ、今までもシャロンのケアを受けていたんですよね？」

「ええ、彼女のことは気に入ってるわ」

「私もだ」マックスが言った。

「では、いったん失礼します」個室を出てドアを閉めると、険しい顔のシャロンから血液検査報告書を渡された。やはり細菌感染症、それも壊死性軟部組織感染症だ。アグスティンはため息をついて髪をかきあげた。とにかく菌種と治療法はわかった。「黄色ブドウ球菌だよ」彼はシャロンに言った。

「そのせいで切開部の軟部組織が壊死したと？」

「ああ。排膿も腫れも、すべての兆候が黄色ブドウ球菌の関与を示している。だが、うちの手術室は無菌状態に保たれている。手術中、菌はいったいどこから切開部に入ったのだろう？　手術前、すでに感染していて、まだ症状が現れていなかったのなら話は別だが。その場合は、手術前の血液検査で菌が見逃されることもある……」アグスティンは指で顎を軽く叩《たた》きながら考えた。「アロンドラはペニシリンを投与されているんだったね？」

「はい」シャロンが答えた。

「採取した黄色ブドウ球菌を培養して正確な細菌株を特定するまではバンコマイシンも投与してくれ。それから、高気圧酸素治療も始めたい」

「ここには高圧室まであるんですか？」

「ここは超一流の私立クリニックだよ」アグスティンはやんわりと指摘した。「僕は手術室の準備をしてくる。感染が広がって組織が今以上に損傷する前に、壊死物質を除去して患部をきれいにしたい。今夜、手術の助手を務められそうかい？」

シャロンはきっぱりうなずいた。「できます。気分はいいので。本当です」

「それなら麻酔専門医を呼び出してくれ。僕はアロンドラを手術室へ移しておく。ペニシリンとバンコマイシンを十分に投与してからね」

「了解。大至急すべてご指示のとおり進めます」

アグスティンは去っていくシャロンの後ろ姿を見送ってから、手術室の準備に向かった。

高気圧酸素治療は手術のあとにしよう。壊死性軟部組織感染症は急速に広がる。一刻も早く壊死物質や細菌感染組織を根こそぎ取り除かなくてはならない。長く放置すれば菌が患者の心臓まで入りこみ、心内膜炎を起こして死亡することすらあるのだ。それからアロンドラがこの菌に感染した原因を突きとめたい。そして院内感染防止のために、患者が触れたものすべてと、手術で使ったものすべての徹底的な消毒が必要だ。

身重のシャロンを手術に参加させるのは不安だが、彼女もお腹の娘も無事なはずだ。何しろシャロンは失神しない限り優秀な手術室担当看護師だ。今夜隣にいてほしいと思う看護師は彼女だけだ。

本当は、ただひたすらシャロンにそばにいてほしかった。

失神してはだめ。失神してはだめ。手術前の手洗いをしながら、シャロンは頭の中でそう唱え続けた。少し疲れていることを除けば、体調に問題はない。実際、今日は吐き気も頭痛もなく元気なのだ。

手術前には短時間だが横になって休んだ。軽食をとり、水分もたっぷりとった。赤ちゃんはずっと激しく動きまわっていて、お腹に感じる動きをじっくり味わいたかったが、その暇はなかった。でも娘に蹴られるたび、車の中でアグスティンにお腹を触っていいかときかれたときのことを思い出した。

二人同時に娘の動きを感じて、車内の薄暗がりで彼の瞳がきらめいた。そして私を〝愛しい人《ケリーダ》〟と呼び、額にキスをした。ロマンティックだったけれど、あの瞬間、私は額への軽い口づけ以上のものが欲しかった。唇を重ねてアグスティンを感じ、彼と娘と私の三人が一つに結びついた喜びを分かち合いたかった。そして熱いキスにおぼれ、一瞬のキスはそれ以上の何かに変わった。その何かは続かないとわかっていたけれど、続いてほしかった。

アグスティンがキスをやめて身を引いたとき、シャロンはほっとした。でもあれ以来、彼は二人の間に壁を築いてしまった。彼の心を何かがむしばんでいる。何かはわからないが、悲しみが人の心におかしな影響を及ぼすのは知っている。父親との仲が良好ではなかったとはいえ、アグスティンは父の死をいまだに悲しんでいるのだ。ただし、彼の心をむしばんでいるのはそれだけではなさそうだ。

　それが何かがわからない。

　なんであろうと、私には関係のないことよ。

　ところが気になって仕方がない。アグスティンとサンドリーヌと一緒に過ごせば過ごすほど、もっとアグスティンのそばにいたくなる。どんどん彼を好きになり、心がとろけてガードが緩んでしまう。

　そして暗い夜に一人ベッドの中でふと思った。誰かとつき合うのは恐ろしいことではないかもしれないと。アグスティンは善良な人だ。でもそれを言うなら、母も父のことを善良だと思っていたはずよ。

　だけど母が死ななければ、父も私を見捨てなかったかもしれない。娘を見て亡妻を思い出すのがつらすぎて、耐えきれずに出ていったのだから。

　シャロンは手を洗い終えて手術室へ入った。麻酔専門医のドクター・ヌニェスとアグスティンが、ひどくおびえたアロンドラを手術台にのせて準備を始めたところだ。シャロンは手袋をして患者に歩み寄り、穏やかに尋ねた。

「アロンドラ、気分はいかが？」

「怖くてたまらないわ。お腹の脂肪を取る手術をしたときも怖かった。今も怖い」声が震えている。

「大丈夫。何も心配ありませんよ。ドクター・ヴァレラは最高の名医ですもの。すぐよくなります」

「ここへ来る前に泳ぎに行かなければよかったわ。あの沼はきれいじゃなかった。でもマックスが、どうしても泳ぎたいって言ったの」

「水が黒っぽかった？」シャロンはきいた。

「ええ。ああいうところで泳いじゃいけないって、祖母に言われてたのに。黒い水で泳いで、村の人がたくさん死んだって。けがをしてた人がね」

「あなたもけがをしていたんですか？」アグスティンが尋ねた。

「紙で指を切ったの。絆創膏《ばんそうこう》を貼っておいたけど」

「絆創膏では細菌は防げませんよ」シャロンは優しく諭した。「でも、これで感染源がわかりました。話してくれてありがとう」

「さあ、深く息を吸って。十からゼロまで数えてください」ドクター・ヌニェスがアロンドラの鼻にマスクを当てた。

アロンドラは数え始めたが、〝七〟とつぶやいたところで意識を失った。

シャロンは麻酔専門医に手を貸して、患者の目が乾かないようテープを貼ってまぶたを閉じ、喉に呼吸管を挿入した。それからアグスティンの補助にまわった。あまり口はききたくなかった。手術中の患部を見つめすぎるのもまずい。前回はそのせいで失神したのかもしれない。代わりに、汚染された組織をきれいにするスポンジや吸引器など、アグスティンに渡す器具に神経を集中した。

また赤ん坊がお腹を蹴り始め、シャロンは顔をしかめた。

「シャロン、大丈夫か？」アグスティンが作業中の手元から目を離さずにきいた。

「赤ちゃんにお腹を蹴られて気が散りそうになったの。でも大丈夫よ」

「よし、これでほぼ終わりだ。今夜一晩は患者の状態を注意深く見守る必要がある。ペニシリンとバンコマイシンの投与も続けてくれ。明日の午後、高圧室に入れることにしよう」

「了解」シャロンは言われる前に縫合キットを差し

出した。アグスティンは有能な看護師への賞賛と感謝を込めてうなずき、縫合に取りかかった。

すべてが終わると、シャロンは手術室を清掃し、器具を殺菌した。アグスティンに手術の助手を頼まれて嬉しかった。一方、あくまでも医師と看護師として振る舞う彼のよそよそしさが腹立たしくもあった。今日のキスを思えば、なおさらだ。シャロンはかぶりを振って、そんな思いを払いのけた。

今必要なのは仕事に専念することだ。それと、アロンドラの様子を確認しに行く前に、どこか静かな場所で一休みすること。アグスティンをどう思っているのか、彼との関係をどうしたいのか、揺れ動く感情相手に四苦八苦するよりも、まずは自分自身の体を気遣わなくては。

きちんと仕事をするために、そして自分の健康のために、今は仮眠をとる必要がある。

9

シャロンはがっかりしていた。アロンドラの創切開術が成功裏に終わったあと、アグスティンはシャロンと話そうとはせず、すぐさま次の仕事に取りかかった。だからシャロンも彼に倣った。

二人の関係は超音波検査を受ける前に戻ってしまったのだ。たまたま同じ職場で働く隣人同士。一緒に仕事をして一緒に家へ帰るだけの関係に。とはいえ、シャロンが仕事中ふと顔を上げると、アグスティンの熱くくすぶる目に見つめられていることがよくある。ずっと以前のあの夜、バルセロナで見つめられたように。

彼の目に浮かんでいるのは渇望だと思うが、勘違いかもしれない。自分が彼に渇望を抱いているからそう見えるだけかも。先日も車内で羽根のように軽いキスをしただけでバルセロナの夜がありありとよみがえり、キス以上の何かが欲しくなった。

ここ数週間、シャロンは車内のキスのことばかり考えていた。あのときは、アグスティンが身を引いてキスをやめてくれてほっとした。でも今では、本当にやめてよかったのかと疑問すら感じる。

これはホルモンのせいよ。それだけのことだわ。ところが何もかもホルモンのせいとは思えない。体だけでなく、裏切り者の心までアグスティンに傾いていく。嬉《うれ》しくない状況だ。

誰とも関わりたくないのに。

アグスティンに友情以上の気持ちを抱きたくない。彼がそばにいることに慣れていくのが嫌だ。私の人生に入りこんでこられては困る。彼との関係が破綻したら、祖母とサンドリーヌはどうなるの？

悩みはほかにもある。祖母の不動産の問題もストレスのもとだ。お腹《なか》が大きくなりすぎて旅行ができなくなる前にブエノスアイレスへ飛んで、あの不動産を売らなければならない。そのためには、マリアに泊まりがけで祖母の世話をしてくれるよう頼み、仕事も休まなければ……。

頬が熱くなるのを感じて、シャロンは携帯血圧計を取り出した。今日は非番で、家でリラックスすべきなのに、いろいろと心配しすぎだ。前回の妊婦健診では尿蛋白《にようたんぱく》の増加が見られ、これ以上悪化すれば絶対安静が必要だ、と主治医のドクター・ペレスに脅された。それだけは避けたい。

〝あなたはいつも世界中の問題を解決しようとするけれど、自分の問題はなおざりにしている〟シャロンはよくおばにそう注意された。

今、家の中ではマリアがキッチンの掃除をしている。祖母は歩行器を使ってあちこち動きまわり、外は雪に覆われていた。

「もうすぐサンドリーヌが帰ってくる。一緒にやろうと思って新しいパズルを用意してあるんだよ」祖母が言った。

「楽しそうね」シャロンは弱々しくほほ笑んだが、ブエノスアイレスへ行くことを考えると楽しい気分にはなれなかった。

「シャロン、今日はやけにおとなしいね。赤ちゃんがどうかしたのかい？」祖母はシャロンの額に手を当て、それからお腹に触れた。

「大丈夫よ。ちょっと落ちこんでいるだけ。冬空のせいだと思うわ。北半球に長く住みすぎたから、私にとって今は夏のはずなのよ」

「血圧も大丈夫なのかい？」今は頭がはっきりしているらしく、祖母は鋭く尋ねた。

「問題ないわ」シャロンは妊娠二十七週目に入り、実は血圧も高めだった。でもドクター・ペレスはその点はあまり心配していない。今のところはまだ。

「二、三日、ブエノスアイレスへ行くかもしれないわ。手配できしだい、できるだけ早く」シャロンはいきなり切り出した。

「なぜ？」祖母は心配そうだ。

「例の不動産を売るためよ」

「不動産？」

「五年前に売ったつもりだったけれど、実は売られていなかった不動産があったでしょう？」

　長年税金を着服してきた税理士が五年前に姿を消し、最近やっと不動産の所有者が突きとめられて税金滞納の通知書がここへ送られてきたのだ。通知書が届いて税金の着服がばれるのを遅らせるために、税理士は不動産の所有者として祖母の名前を使いながら、名義人の住所は別の場所にしていた。

　ここまで調べるのに、かなりの金がかかった。でもシャロンは何も言わなかった。言えば祖母を動揺させることになる。

「よくわからないんだけど」祖母は顔をしかめた。

「ちょっとした事務処理よ。早めに片づけたほうがいいと思うの」シャロンは穏やかに言い聞かせた。

「一人で行ってほしくないね。アグスティンに一緒に行ってもらったらどうだい？」

「アグスティンは上司よ。恋人じゃないわ」

「お腹の子の父親だよ」祖母はきっぱり言い返すと、キッチンのほうへふらふらと去っていった。

シャロンはため息をついた。

もう一度通知書を引っ張り出して、じっと眺める。見ただけで胃が痛くなった。

また具合が悪くなることだけは絶対に避けたい。アグスティンに行く先を知らせておかないと。彼が心配しないよう、遠出の理由を話そう。

頼れるのは自分だけよ。心の声がした。

でも誰かに頼りたい。

彼が何かいいアドバイスをくれるかもしれない。

ここ一カ月間、吐き気はどうにか抑えてこられた。つわりは収まったのではないかと期待していた。ところが厄介な問題について考えるたびに吐き気がぶり返し、血圧が上がる。

だけど、もう決めたことよ。この問題に対処する必要がある。先延ばしにせず、今すぐに。

「マリア、今ちょっと話せるかしら？」シャロンは立ちあがって呼びかけた。

「何かご用ですか？」マリアがキッチンから出てきた。

「赤ちゃんが生まれる前に、ブエノスアイレスへ行かなきゃならないの。二、三日泊まりがけで祖母の世話をお願いできないかしら。もちろん、いつもの五割増しの時給をお支払いするわ」

「かまいませんとも。今週末にしますか？」

よかった。これで一安心だ。「助かるわ。では、今週末という予定で準備を進めるわね」シャロンはハンドバッグとコートを手に取った。まずはクリニックへ行って看護師長と話そう。次にアグスティンと話し、それから飛行機の予約だ。「ちょっと出かけてきます。二、三時間で戻るわ！」シャロンは玄関へ向かいながら祖母とマリアに叫んだ。

　クリニックに着くと、お腹が大きくなりすぎないうちに片づけなければならない私用がある、と看護師長に週末の休暇を願い出た。

　シフトを組み直すから問題ないと休暇を許可されて、また一つ肩の荷が下りた。これでハードルを二つクリアできたのだ。

　ナースステーションから出たところで、シャロンはばったりアグスティンに出くわした。彼を見たとたん、心臓が飛び跳ねて全身が彼に反応した。

「シャロン、ここで何をしているんだ？　今日は非番だろう」アグスティンが驚いた顔で言った。


「カルメンに休暇のお願いに来たんです」シャロンは早口で答えた。

「産休を取るのかい？」

「産休はまだ取る気はありません。ドクター・ペレスからも何も言われてませんし。休暇はブエノスアイレスへ行くためです」

　アグスティンは眉をひそめた。「なぜ？」

「ちょうど、その話をしようと思っていました。どこかで二人だけで話せませんか？」

　アグスティンは彼女を自分のオフィスへ連れていき、ドアを閉めた。「さあ、話してくれ」

「祖母がブエノスアイレスに不動産を持っていて、その税金を滞納していたの。払ったつもりが税理士に着服されていたのよ。詳しい事情はまだ調査中だけれど、現地へ行って弁護士同伴で書類にサインをしたり、その不動産を売ったりする必要があるの。問題解決のために、かなりお金を使ってしまったわ。

もし融資を受けられなければ、住んでいる家を売って弁護士費用に当てるしかないかもしれない」シャロンはブエノスアイレスの役所から来た追徴課税の通知書を見せた。「だから私は祖母の法定代理人になったの。そして、役所へ話をしに行くところよ」アグスティンに打ち明けると、なぜかすっかり気が楽になった。

「僕が金を貸してあげることも――」

「いいえ」シャロンは彼の言葉を即座に遮った。

「自分一人で対処できるわ」

「なるほど」彼は通知書をシャロンに返した。

「アグスティン、お気持ちは嬉しいのよ。だけど自分でなんとかできる。ブエノスアイレスへ行って、不動産を売って、書類にサインをするだけですもの。祖母がだまされたことを考えれば、手続きはすべて私が直接行うべきだわ」そうすれば、すべての処理が終わったと確信できる。

「その間、テレーサの世話はどうするんだ?」

「今週末はマリアがうちに泊まってくれるの」

「えっ? 今週末ブエノスアイレスへ行くのか? 実は、今度の週末は僕も向こうにいる」

「なんですって?」

「サンドリーヌの母親の居場所を突きとめた」

「まあ、あの子は知っているの?」

「いいや、サンドリーヌには話していない。だが僕はブエノスアイレスへ行く必要がある。向こうで、母親が娘の親権を譲り渡す……この僕にね」

たちまち若い娘への同情がこみあげて、シャロンは椅子に座りこんだ。「ひどい話だわ」

でも、とにかくサンドリーヌの母は見つかったのだ。私の父がどうなったかは誰も知らない。

私の知る限り、父はいまだに保護責任者遺棄罪でニューヨーク州から指名手配されているはずだ。

「それで、あなたもブエノスアイレスへ行くというわけね。私はこれから飛行機の予約をするわ」

「僕は今夜出発して、来週の月曜日まで向こうに滞在する。金曜日には君を飛行場へ迎えに行って、ホテルまで送るよ。僕の母にも会わせたい」

「あなたのお母様に?」シャロンは唖然《あぜん》とした。

「ああ。母は僕たちの赤ん坊のことを知っているし、女の子とわかって有頂天だ」

「私たちが結婚していないこともご存じなんでしょう?」シャロンは慎重に尋ねた。

「もちろんさ。だけど君に会いたがっている」

「大事な息子の人生を破滅させる女はお気に召さないんじゃない?」冗談めかして言ってみた。

「まさか」アグスティンはかぶりを振った。

「では、私もお会いしたいわ。何しろ私たちの娘のおばあちゃん《アブエラ》ですもの」

アグスティンはほほ笑んだ。「よかった。その件はこれで決まりだ。ところで別件のほうだが、本当に僕の助けは不要かい?」

「不要よ。そう言ったでしょう。私は早く飛行機の予約をしないと」

「わかった。僕も早く仕事に戻らないと」アグスティンはオフィスのドアを開けた。「金曜日に空港へ着いたらメールをくれ。すぐ迎えに行くよ」

「ありがとう」シャロンはこれまで世界中を飛びまわってきた。大都市でのタクシーやバスの利用法も熟知している。何しろニューヨークで育ったのだ。それでも、空港にアグスティンが来てくれると思うと嬉しかった。行く先に知った顔がいるのは心強い。一方で、運命が彼と私を結びつけようとしているのでは、といぶからずにいられなかった。

アグスティンはレンタカーの中で、空港から出てくるシャロンを待っていた。ブエノスアイレスも冬だが、より南極に近いウシュアイアに比べれば、北部のここは寒さが穏やかだ。雪の心配をしないですむのもありがたい。しかもこの週末は例年の七月より暖かく、突然の寒波に襲われることもなかった。

この気候なら、シャロンが一人でホテルに泊まっていても、あまり危険はないだろう。

彼女は世界中を旅してきた大人の女性だぞ。

それでも、シャロンと赤ん坊の身に何か起きるのではという不安をぬぐえない。頭に浮かぶのは、妻と赤ん坊の死を伝える衝撃的な電話ばかりだ。そして、あのとき味わった苦悩がよみがえってくる。

しかしシャロンは僕の妻ではない。

恋人ですらない。僕の娘の母親というだけだ。自分にそう言い聞かせる必要がある。問題は、最近あまりにしょっちゅうそう言い聞かせていることだ。シャロンとはただの友人だといくら自分を戒めても、心は彼女へ傾いていく。誰ともつき合う気はないと言い放った相手に恋をするのは実に苦しい。

アグスティンはシャロンと彼女の祖母を自分の家族のように考え始めていた。三人は強い絆《きずな》で結ばれつつある。サンドリーヌの母が娘の親権を放棄してからは、なぜかその絆がより深まった気がする。

今や僕は正式にサンドリーヌの後見人だ。

アグスティンはため息をついて、継母の弁護士と会ったときのことを思い浮かべた。継母自身は契約の場に現れもしなかった。たぶんそのほうがかえってよかったのだろうが、なぜ実の娘を捨てるのかときいてみたくもあった。

かつて子供を失った僕は、まだ生まれてもいない娘を失うと想像しただけで耐えられないのに。

一緒に住んでいなくてもシャロンとは本物の家族になれるかもしれない。彼女はウシュアイアに、隣に住んでいる。だがそこで、シャロンのあいまいな返事を思い出した。ずっとここに住むつもりかときいたとき、〝さしあたりは〟と彼女は答えた。

テレーサが亡くなり、シャロンがまた遠方での短期の仕事を受けるようになったら……？

彼女が去っていくと考えると、胸を引き裂かれる思いだった。だから深い関わりは望まないのだ。別れがつらすぎるから。

レンタカーのドアを開けて、シャロンが顔をのぞかせた。「ここにいたのね。メールしたのよ」

アグスティンはかぶりを振って、頭の中を駆けめぐるさまざまな考えを振り払った。携帯電話の画面を見ると、シャロンからのメールが未読のままだ。

「すまない。すっかりぼうっとしていた」彼は車を降りてシャロンのスーツケースをトランクに入れ、また車に戻った。「空の旅はどうだった？」

「順調だったけれど、狭い座席に四時間も押しこめられて疲れたわ。赤ちゃんがお腹を蹴りまくるし。食事も最悪だったの」

アグスティンは喉の奥で笑った。「やれやれ。とにかく着いたわけだ。どこへ送ればいい？」

「〈オテル・ブランカ〉へ」

「そのホテルならよく知っている」シャロンは無事で、ここに、僕の隣にいる。アグスティンは胸をなでおろし、町の中心部へ向けて発車した。

「サンドリーヌのお母さんには会ったの？」シャロンが遠慮がちに尋ねた。

「いいや、会ったのは彼女の弁護士だけだ。署名ずみの親権者変更の書類を持って現れた。継母は過去と決別し、新しい夫とリオへ移住する気らしい」

シャロンは悲しげなため息をもらした。「過去との決別のために子供を捨てるなんて悲しすぎる。身につまされるわ」

きっとシャロンは自分自身の過去を考えているのだろう。アグスティンは慰めたい気持ちを抑えて、ただ尋ねた。「お父さんのことかい？」

「ええ。私は父が生きているのかどうかすら知らないし、興味もないけれど。おそらく父も過去と決別したかったんでしょうね」

「だが彼の君への仕打ちはあんまりだ。そして、今回の継母の件をサンドリーヌにどう伝えればいいのかわからない」アグスティンもため息をついた。

「もしサンドリーヌが事実を知って誰かと話したくなったら、喜んで話し相手になるわ」

「そうしてくれるかい？」

「もちろん。サンドリーヌは私たちの娘の叔母さんで、その役目を真剣に考えてくれているのよ」

「確かに」アグスティンは笑みを浮かべた。「あの子が例のボーイフレンドとつき合う代わりに、君のアブエラを訪ねるようになってよかった。ディエゴはトラブルそのものだ。信用できない」

「あの二人はティーンエイジャーそのものよ。なぜディエゴが嫌いなの？」

「サンドリーヌには、愛を拠《よ》り所《どころ》に自分の将来を決めてほしくないんだ」

「その気持ちはわかるわ」静かに言う声に悲しみがにじんでいる。祖母の問題でここへ来た彼女に、さらに別の心配までさせたくない。

「もし今夜のディナーの予定が未定なら、七時にホテルへ迎えに行くよ。二人でレコレータにある母のアパートメントを訪ねよう」

「まあ、あの高級住宅地にお住まいなの？」

「再婚相手がブエノスアイレスで代々続く資産家なのさ」

「七時ね？」アグスティンが彼女の宿泊ホテルの前に車を止めると、シャロンが言った。

「ああ、七時にロビーで待っている」

「それじゃあ、また」シャロンは手を振って、スーツケースを持ったポーターを従え、ロビーに消えた。

アグスティンはほっと安堵《あんど》のため息をついた。彼が滞在中の母のアパートメントは、シャロンのホテルからたった二十分の距離だ。アパートメントに着いて車を地下の駐車場に止めたとき、座席の封筒に気づいた。例の通知書だ。シャロンのハンドバッグから落ちたらしい。アグスティンはそれをズボンのポケットに入れた。

シャロンは僕から金を借りたくないと言ったが、彼女の祖母はウシュアイアで多くの新しい命を取りあげ、みんなに愛されている。その地域社会からの援助なら、シャロンも断れないだろう。受け取ればウシュアイアとの絆を感じて、故郷を離れたくないと思うかもしれない。

僕の娘の母親のために、ウシュアイアにとどまるよう説得したい。僕と友人以上の関係になる気はない彼女を説得できるか、自信はないけれど。

かつて妻と子を失い傷ついた心にやめろと言われても、アグスティンはシャロンを好きになっていく自分を止められなかった。

10

アグスティンは七時二十分前に来て、ロビーでシャロンを待っていた。通知書はスポーツコートのポケットに入れてある。母の家で隙を見てシャロンのハンドバッグに戻すつもりだ。

すでにアグスティンは何件か電話をかけ、〝みんなのおばあちゃん《アブエラ》〟が自宅に住み続けられるよう、サンドリーヌが近隣の住人から寄付を集め始めている。

どれくらい集まるかわからないが、少額でも役に立つ。地域社会がシャロンとアブエラに味方してくれることが大切だ。そうすれば、自分以外の誰かに頼ってもいいのだとシャロンにもわかるだろう。

そのおかげで、シャロンが何もかも一人で背負いこんで悩むのをやめ、リラックスしてくれればと期待している。一人で悩んでストレスをためるのは、お腹《なか》の赤ん坊のためによくない。

本当は、僕がシャロンの力になりたい。

だが彼女はまだ僕を百パーセント信頼していない。金を貸せば、かえって二人の関係がこじれる。いっそ必要な金額をあげてもいい。お安いご用だ。しかしシャロンが僕から金をもらうのをためらう気持ちも理解できる。

僕自身、彼女に心を開いているわけではない。

誰に対しても、心を開くのは難しい。

エレベーターの開く音がして、アグスティンはそちらを見た。ピンクのドレスを着たシャロンが出てきた。バルセロナのカフェで会ったときに着ていたのとは違う服だが、同じ色合いのピンクだ。最高に似合っている。髪は低い位置でシニヨンにまとめ、優雅な姿が息をのむほど美しい。

シャロンが歩み寄ってくると、彼女は僕のものだと思う誇らしさでアグスティンの血は沸き立った。

本当は、僕のものではないけれど。

ただし、そうだったらいいのにと心のどこかで思っている。スペインで出会って以来、シャロンを愛してまた妻のように失ったら耐えられないから、と自分を抑えてきた。ところが今シャロンを見て、あのお腹の中で僕たちの娘が育っていると考えると、彼女を自分の、自分だけのものにしたくなる。

「きれいだよ」アグスティンは言った。

シャロンは頬を染めた。「ありがとう。なんだか落ち着かないわ。すごく不安なの」

「大丈夫。僕の母は誰に対しても愛情深い。あんな仕打ちをされたのに、僕の父のことも憎んでいない。なさぬ仲のサンドリーヌのことも、実子同様に大切にしている。君のことだって同じさ」

「そうだといいけど。きっと交際相手のご両親に会うのは初めてだから緊張しているのね。誰かとつき合うこと自体、とても久しぶりなのよ」

交際相手？　僕たちはつき合っているのか？　アグスティンはその疑問を払いのけた。

「心配ないって。もっとも、僕もルイーサの両親に初めて会ったときは緊張したな」言葉が口から滑り出た。いつだって亡妻の話をするのは容易ではなかったのに、今回はあっさり言えた。

むしろシャロンに話したかった。

「ルイーサって誰？」

「亡くなった妻だ。僕はやもめなんだ」それをシャロンに話すのは初めてだった。家族以外の誰かの前でルイーサの名前を口にすること自体、実に久しぶりだ。クリニックのスタッフも妻のことは知らない。クリニックの開設は妻の死後で、ルイーサの話はしないと決めていた。あの事故を思い出すだけでもつらすぎるし、罪悪感にさいなまれるから。

「知らなかったわ」シャロンがつぶやいた。

「ああ、妻のことは誰にも話していなかった」結婚当時はブエノスアイレスに住んでいて、妻の妊娠は秘密にしていた。僕の結婚を知っていたウシュアイアの親戚や友人たちも、妻の死後、遠慮して何も尋ねようとはしなかった。

だからお腹の子を亡くしたことは誰も知らない。秘密にしておくほうが気が楽だった。

「奥様はどうして亡くなったの？」

「実家を訪ねる途中、事故に遭った。一人で車を運転して出かけたんだ。僕は忙しすぎて一緒に行けなかった。仕事第一の生活だったから」

「あなたが一緒に行ったとしても、事故は起きたかもしれないわ」

それは頭ではわかっていた。でもルイーサのそばにいてやれなかった後悔と罪悪感は消えない。とはいえ、今はもう過去をくよくよ考えたくない。母が僕たちを待ちわびている。僕も早くシャロンと母を会わせたい。

「さあ、母の家へ行こう。きっと母はもう通りへ出て待っている。それくらい楽しみにしているんだ」

シャロンはうなずいたが、それ以上何も言わなかった。妻のことをこんな形で話すつもりはなかった。ここしばらくは、どうやって打ち明けようかと考えていたのだ。ところがぽろりと口に出してしまった。

アグスティンはシャロンの手を取った。シャロンはその手を引っこめなかったが、震えているのが感じられた。「愛しい人《ケリーダ》、僕を信じてくれ」

けれど僕自身がまだ彼女に秘密を抱えているのに、信じてくれと頼める筋合いではない。それでもシャロンが欲しかった。一緒に過ごせば過ごすほど、ますます彼女が欲しくなる。そして、この先どうなるのかを考えると恐ろしくてたまらなかった。

シャロンはアグスティンの言葉に耳を疑った。なんと彼は結婚していたのだ。そして悲劇的な事故で妻を失った。悲劇なら私も理解できる。だからアグスティンのことも、今まで以上に理解できた。

私の経験した悲劇は、最愛の人を失うのとは違うけれど、悲しみが人に及ぼす影響は知っている。

その悲しみのせいで、父は私を捨てたのだ。

私とお腹の娘だけではアグスティンにとって不十分なのではないかと、父が私を捨てたように、アグスティンも最愛の妻を失った悲しみのせいで私を捨てるのではと、シャロンは心の奥で恐れた。

そして私の娘も道端に置き去りにされるの？　あるいは、新たな相手と家庭を築けば亡くなった妻を裏切ることになると、彼は感じているのでは？

アグスティンはそんな人じゃないわ。

シャロンは心に浮かんだ不安を即座に打ち消した。

今はそんなことを考える余裕はない。でも妻の事故を打ち明けてくれた彼には感謝している。一瞬気まずい雰囲気になったが、やはり嬉《うれ》しかった。

秘密を打ち明けてくれたのは、アグスティンが私を信頼し始めた証拠だ。私も彼を信じてもいいかもしれない。そうはいっても、人を信じるのは怖い。心を開けば傷つく恐れがある。

私が不安を感じているのは、ブエノスアイレスの高級住宅地へ向かっているから。そこで彼のお母さんに会うから。それだけのことよ。アグスティンがいまだに奥さんの死を悲しんでいて、私と赤ちゃんを見捨てるかもしれないのに、そんな彼を好きになっていくのが不安なわけではないわ。

シャロンは自分にそう言い聞かせ続けた。

でも実際は、先ほどホテルのロビーでカジュアルながら品のある服装のアグスティンを見たとき、鼓動が速まり、バルセロナの一夜を思い出した。

それに彼に見られると、いつも部屋には私しかいないような気分にさせられる。彼の瞳が私だけを見つめて輝き、唇が私のためだけにほほ笑むから。

ああ、どんどんアグスティンを好きになっていく。

こんなにも誰かを好きになるのは初めてだ。それは恐ろしく、でもわくわくする体験だった。

レコレータへ向かう車内で、二人は無言だった。

そしてフランスふうの豪奢《ごうしゃ》な建物が立ち並ぶ地区に入ったとたん、シャロンはその景観に圧倒された。まるでエヴァ・ペロンが大統領夫人だった黄金時代にタイムスリップしたかのようだ。祖母のヘルパーによれば、あのころは何もかも派手できらびやかでロマンティックだったらしい。マリアは昔を少々美化しているのかもしれないが。

アグスティンは通りでも特に大きな建物の地下駐車場に車を止め、シャロンの手を取ってエレベーターへと導いた。たくましい手に手を包まれて、シャロンの張りつめた心は和んだ。

「ケリーダ、まだ震えているじゃないか。心配ないと言っただろう」

「ええ。私はただ、お母様の大切な息子の婚外子を妊娠しているだけですものね」

アグスティンは低く笑った。「母はそんなことは気にしないよ。本当だ。ほら、おいで」

彼はエレベーターに乗りこみ、パネルに暗証番号を入力した。最上階の一つ下の階でドアが開くと、そこはシックなアールデコ様式の、パリのアパルトマンを思わせる部屋の中だった。

いきなり目の前に広がった光景に、シャロンは息をのんだ。居間の向こうの全面窓からは大西洋が望める。海に浮かぶボートやクルーズ船の明かりが夜の闇にきらめいている。

「す、すごいわ」シャロンはささやいた。

「ちょっとした見ものだろう?」アグスティンは彼女のハンドバッグを入り口のテーブルに置いた。

そのとき、アグスティンの母がふわりと軽やかに現れた。「アグスティン、やっと連れてきてくれたのね」柳のようにしなやかで優雅な女性だ。銀髪をきっちりと結いあげ、最高級ドレスをまとっている。三十三歳で亡くなったエヴァ・ペロンがもっと長生きしていたら、この姿になったに違いない。

「母さん、こちらはシャロンだよ。シャロン、こちらは僕の母アーヴァだ」

アーヴァがほほ笑むと、アグスティンの温かくきらめく黒い瞳は誰に似たのかわかった。驚いたことに、アーヴァは両手を広げてシャロンを抱きしめた。

「やっと会えて嬉しいわ」一歩下がり、シャロンを上から下まで眺めてから、お腹の膨らみに目を据える。「これで、とうとうアブエラになれる！ありがとう。しかも孫は女の子！わくわくするわ」

「私もお会いできて嬉しいです。すてきなお宅にお招きいただいて、ありがとうございます」温かな歓迎にまだ少し戸惑いながらシャロンは応えた。

「そうそう、家中ご案内しなきゃ！　うちはこの建物の二フロアを占めているの」アーヴァはシャロンの手を取った。「アグスティン、あなたも来る？」

「あとで合流するよ。今夜はハーヴィエルも顔を出すのかな？」

「ええ、もうすぐ帰ってくるわ。自分の孫のお母さんに会う機会を主人が逃すもんですか！　シャロン、部屋を全部見たら、テラスにも出てみましょうね」

シャロンはアーヴァといると頬を緩めずにいられなかった。普段はよく知らない人に知らない場所を連れまわされるのは苦手だが、アーヴァは心から歓迎してくれている。アグスティンとシャロンが結婚していないことも、生まれる孫が非嫡出子になることもまったく気にしていないらしい。その偏見のない広い心が嬉しかった。


アーヴァは彼女を従えて螺旋《らせん》階段をのぼり、最上階へ向かった。「ここには寝室が十四室あるの」

「十四室？」シャロンは目を丸くした。

「ええ。一つは孫娘の部屋にするつもりよ。赤ちゃん連れで泊まりに来るときは、あなたも赤ちゃんもそれぞれ自分の部屋があるわ」アヴァは一室のドアを開けた。「実はおめでたいニュースに浮かれて、もう子供部屋の飾りつけを始めちゃったの。もし気に入らなかったら、そう言ってちょうだいね」

シャロンは広い部屋に足を踏み入れ、パステルカラーの内装を見てぽかんと口を開けた。部屋の中央に丸いベビーベッド、おそろいのおむつ替えテーブルと化粧台まで置かれている。おもちゃも何もかも完備ずみで、おとぎ話のお姫様の部屋のようだ。

シャロンの目に涙があふれた。

これはやりすぎよ。状況が変わって、アグスティンと私の関係が破綻したら、どうなるの？

「やりすぎだったらごめんなさい。私はインテリアコーディネーターなの。孫娘誕生の話を聞いて、つい有頂天になってしまって。あなたも知っていると思うけど、息子は奥さんと子供を失って以来、ずっと家族を作ることにあこがれていたから」

子供を失った？

一瞬、シャロンは心臓が止まるかと思った。アグスティンから妻の事故の話は聞いたが、子供の話は聞いていない。子供を失うなんて、考えただけでも胸が張り裂けそうだ。シャロンは思わずお腹を抱きかかえた。亡くなった奥さんが彼に与えられなかったものを、私は与えようとしているのだ。

これだけ期待されて、そのあげくに結局彼の失ったものを与えられなかったら、どうなるの？

「アーヴァ、とてもきれいですばらしいお部屋ですわ。こんなにいろいろしていただいて」

アーヴァは満面の笑みを浮かべた。「ああ、よかった。気に入ってくれたのね」

「母さん、仕出し業者が何かききたいらしいよ」アグスティンが部屋の入り口で言った。

「あら、それじゃ行かなきゃ。アグスティン、あとはよろしくね」アーヴァは慌てて出ていった。

「すまない。この部屋はやりすぎだった。母は調子に乗ってやりすぎることがある」

シャロンは振り返って彼を見た。「お母様から聞いたわ。なぜもう一人の子供のことを話してくれなかったの？」

アグスティンはため息をついて髪をかきあげた。「つらすぎて言えなかった」

「それなら、この子供部屋を見るのもつらいんじゃない？　大丈夫？」

「これは僕が母に頼んだんだ。生まれてくる子供に、自分は歓迎されていると思ってほしかったから。過去を思い出してつらくもなったが、僕たちの娘のためにおもちゃも買ったよ」

「何を買ったの？」

「これだ」アグスティンはつかつかと部屋に入り、人形を手に取った。シャロンは、父に置き去りにされたとき抱きしめていた人形を思い出した。

「すてきな人形ね」アグスティンが差し出す人形を恐る恐る受け取って胸に抱くと、涙が頬を伝った。

私にはもったいないほどすてきだ。この子供部屋も、アグスティンや彼の母の優しさも、私みたいな人間には受け取る資格がない。

「ケリーダ、泣かないでくれ」アグスティンは静かに二人の間の距離を詰め、シャロンを抱き寄せた。

「私のほうこそ、あなたを慰めてあげなければいけなかったのに。悲劇を忘れるために、あなたが仕事に没頭したのも無理はないわ」

「事故が起きたのは十年前だ。妻は妊娠していたが、まだごく初期で赤ん坊の性別も不明だった。あれ以来、一生子供を持つことはないだろうと思っていた。正直、欲しいかどうかもわからなかった」

「それで、今はどう思っているの？」

アグスティンはほほ笑み、シャロンの顎に指を当てて顔を上向かせた。「今となっては、僕の気持ちは関係ない。泣かないで。僕に同情しなくていい。今は君も僕も母体を大切にして、生まれてくる娘を守らなくてはいけない。そうだろう？」

シャロンはうなずいて、喉にこみあげる塊をのみくだした。でもやはりアグスティンの喪失感を考えると胸が痛む。子供を失う悲嘆など想像もつかない。それに、その悲嘆が大きすぎて彼が心変わりして去っていくのではないかという不安に襲われる。

妊娠した私を見るたびに亡くなった妻を思い出し、私の中で育つ娘が十年前腕に抱くことなく逝った赤ん坊を思い出させる。それに耐えきれなくなって、アグスティンが去っていくのではないかと……。

そのとき、赤ん坊がお腹を蹴り、アグスティンが低く笑いながら彼女のお腹に触れた。「今、蹴ったよね？　お腹がすいてるのかな？」

「そうかも。私はすいてるわ」シャロンも笑った。

「では、下へ行こう。ハーヴィエルも帰ってきたし、もう前菜が並んでいるはずだ。今夜は家族ぐるみの古い友人が何人か君に会いに来るらしい。すまない。母の仕業だ。僕はまったく知らなかった」

「かまわないわ。皆さんと楽しくお話ししましょう。あなたのお母様は本当にいい方ですもの。アーヴァのためなら小さなパーティくらい乗りきれるわ」

アグスティンは笑顔で手を差し出した。「よかった。この期に及んで逃げようがないからね」

シャロンは笑って彼の手を取った。アグスティンに導かれ、美しい子供部屋を出て見知らぬ人々との歓談に向かうのは、自然で正しいことに思えた。問題は、アグスティンの喪失感と悲嘆だ。

同様の喪失感と悲嘆のせいで、父は私を捨てた。だから今、シャロンはアグスティンを慰め、何もかもうまくいくと、赤ん坊も私も大丈夫だと安心させたかった。明日、役所と話がつき、税金と弁護士費用の支払いが片づけば大丈夫だけれど……。

ブエノスアイレスの不動産はもうすぐ売りに出されるが、老朽化した建物の売却代金で税金や弁護士費用のすべてが賄えるとは思えない。やはりウシュアイアの家も売るしかないだろう。

誰かの家に美しい子供部屋があるのは結構な話だ。でもいざというとき頼れるのは自分だけだと、私は子供時代に身をもって学んだ。

だからアグスティンが去っても、祖母と私と娘が困らないように準備する必要があるのだ。

これほど難しい状況なのに、なぜかますますアグスティンを好きになっていく。シャロンの心はすでに折れそうだった。

11

　シャロンはアグスティンの母と継父、その友人たちとのディナーを楽しんだ。子供を失ったアグスティンの喪失感が頭を離れなかったが、考えまいと努めた。考えれば、自分の子供時代や父の喪失感、そして父に捨てられたことを思い出してしまう。

　一方で、美しい子供部屋やアグスティンが娘のために買った人形が頭に浮かび、もしかしたら私もおとぎ話のようにいつまでも幸せに暮らせるのでは、と考えたりもした。

　だけど、やはりおとぎ話は信じられない。

　シャロンは、うじうじと悩み続ける自分が嫌でたまらなかった。私はいったいどうしてしまったの？

これは愛なんじゃない？　心の中で小さな声がしたが、ありえないと振り払った。誰も愛さないよう、いつも気をつけてきたのだ。

　ほっとしたことには、デザートがすむとアグスティンが一同にさりげなくいとまを告げてホテルまで送ってくれた。シャロンは楽しかった夜の礼を言ってから、翌日ランチをともにする約束をした。ランチは断るべきだったけれど、気の進まない役所との話し合いのあとでアグスティンに会えたら嬉《うれ》しいと思ったのだ。

　そして今は、眠らなくてはいけないのにちっとも眠れない。明日の役所との面談やアグスティンの喪失感が頭に浮かぶ。過去の亡霊から逃れるため、彼が私と娘を捨てるのではないかと不安だった。

　一晩中こんなことを考えているわけにはいかない。眠らなくては。

　そのとき、不意に激痛に襲われた。下腹部がぎゅっと収縮し、背中も痛む。シャロンは寝返りを打って携帯電話をつかみ、アグスティンに連絡した。

「どうかしたのか？」戸惑った声が応えた。

「お腹《なか》が……痛いの。締めつけられるみたいに」

「赤ん坊か？」

「ええ」また次の痛みが襲ってきた。

「すぐ行く。十五分で着く」

「受付に電話をして救急車を呼んでもらうわ」

「いや、僕が呼ぶ。動かずにじっとしているんだ」

「わかった」シャロンは痛みの原因を考えたが何も思い浮かばない。看護師になって以来、常に冷静に論理的に考えて患者を世話してきたのに、自分の赤ん坊が危険にさらされている今、原因がわからない。

ほどなくホテルの支配人がアグスティンとともに駆けつけ、ドアを開けた。支配人の背後に救急隊員の姿も見える。シャロンは安堵《あんど》の声をあげた。

「愛しい人《ケリーダ》」アグスティンがベッドの脇にしゃがんで、優しく彼女の顔をなでた。

「陣痛のような痛みなのよ。でもそんなはずはないわ。まだ早すぎるもの」

アグスティンは彼女を抱き起こし、救急隊員があとを引き受けた。その後もアグスティンは片時もシャロンのそばを離れず、シャロンは彼の手を握ったまま車椅子に移され、客室を出て外で待つ救急車に乗せられた。アグスティンも一緒に乗りこんだ。

「ありがとう」サイレンを音高く鳴らして町を走る救急車の中で、シャロンは言った。

「なんのお礼だい？」

「そばにいてくれて、ありがとう」

アグスティンはほほ笑み、彼女の顔に指を滑らせた。「僕が、ほかのどこへ行くというんだ？」

シャロンは、彼がどこへ行くかは考えたくなかった。今この瞬間、肝心なのはアグスティンがここに、自分と一緒にいることだけだった。

呼び出し待機中だった産科医がシャロンを診察する間、アグスティンは病室に入れなかった。ウシュアイアで彼女が二度目に失神したときと同じだ。

僕が夫ではないせいだ。お腹の子の父親ではあるが、それは重要ではないらしい。形成外科医としての世界的な名声もまったく問題にされない。アグスティンは少々腹立たしかった。

産科の待合室で待つように言われ、今はそこで歩きまわっているしかないのだ。普段は医師として病室で患者を診る立場にいるので、外で待つのは気に食わない。それにここにいると、過去に一人で待っていた別の部屋を思い出す。

あのときはもう妻が亡くなっていたので、医師からそれを知らされる個室にいたのだ。

今ここでは、ほかの患者の家族も待っている。それでも、過去の恐怖がどっとよみがえってきた。

シャロンが取り乱してホテルから電話してきたときには、冷たい恐怖が全身を駆け抜けた。と同時に、二人が同じ町にいてよかったと思った。

僕がブエノスアイレスにいるときに、ウシュアイアにいるシャロンやお腹の子に何か起きたら、決して自分を許せないだろう。また子供を、大切な女性を失うのは耐えられない。

アグスティンは壁の時計を見た。シャロンがここに搬送されてから三時間が経《た》っている。

なぜこんなに時間がかかっているんだ？

「ドクター・ヴァレラ？」産科医が待合室の入り口から呼びかけた。

「シ」アグスティンは彼に歩み寄った。

「ミス・ミサシはもう大丈夫です。お産につながる本陣痛ではなく、前駆陣痛でした。ただし通常より子宮の収縮がかなり強かった。血圧が高いのも心配でしたが、それも今は下がりました」

「前駆陣痛ですか。よかった。安心しました」

「もう退院できますが、今日は安静にしていただきたい。それと、一人にしておくのはまずい。つき添ってもらえますか?」

「もちろんです。僕が面倒を見て、僕が自宅へ送り届けます。飛行機に乗せてもよければ、ですが?」

「確かに、ミス・ミサシは入院になるのをひどく心配されていました。おばあさんの世話があるから早く帰りたいと。しかし空の旅は二、三日体を休めてからのほうがいいでしょう」

「わかりました。彼女が心配しないですむよう、僕がおばあさんのヘルパーを手配します」

産科医はうなずいた。「それでは、もう病室へ行って患者をホテルまで送られて結構ですよ」

アグスティンは産科医と握手をして、シャロンの病室へ向かった。本人は二、三日余分にブエノスアイレスにとどまるのを嫌がるだろうが、医師の指示だ。僕がマリアに電話をして、つき添いの延長を頼み、十分な報酬を約束しよう。夜はサンドリーヌもおばあちゃん《アブエラ》の家に泊まってくれる。

異母妹にも電話をして事情を話そう。

それから追徴課税の件でもシャロンを安心させる必要がある。話し合いは待ってもらえるはずだ。今はシャロンとお腹の子の健康が何より大事だ。

「どうぞ」シャロンに言われて、彼はドアを開けた。

「もう君をホテルへ連れ帰ってもいいそうだ」

シャロンがため息をついた。「自分がおばかさんに思えるわ。前駆陣痛ですって。それが何かは知っていたのに」彼女はお腹をなでた。「今では身をもって知っている」

アグスティンは喉の奥で笑った。「教科書で学ぶのと自分が体験するのは違うよ」

「ええ、そうね。ドクターからはブエノスアイレスにとどまるよう言われたけど、アブエラが――」

「大丈夫。何もかもすぐに手配する。君は僕と一緒に月曜日の飛行機でウシュアイアへ帰れるよ」

「本当にありがとう。でもあなたにそこまでさせるわけにはいかないわ」

「どうして？　僕たちは友人で、隣人で、同じ職場で働いている。しかも君は僕の子を身ごもり、そのせいで今苦しんでいるんだ」

「それはそうかもしれないわね」シャロンは瞳をきらめかせてほほ笑んだ。

「〝かもしれない〟ではない。厳然たる事実だ。違うかい？」

「わかりました。認めるわ。ただし今日は役所と面談があるのよ」

「ホテルへ戻ったら、君の弁護士に電話をして事情を話せばいい。健康上の理由で面談の日取りを変更しても、誰も君を責めたりしない。とにかく今は安静にすることだ。早く元気になってウシュアイアへ帰るためにね」

「そのとおりね」シャロンは納得したらしい。

「そうとも」アグスティンは顔をほころばせた。

　看護師が退院の書類を持ってきた。シャロンは書類に署名してから車椅子に乗った。靴を履かずに救急搬送されたので、歩きたくても歩けないのだ。

　アグスティンはほほ笑んだ。「タクシーを呼んである。僕のレンタカーはホテルに置いてきたから」

「救急車に同乗してくれてありがとう」

「そろそろ礼を言うのはやめてほしいな。君のお腹にいるのは僕の子でもあるんだよ」アグスティンはタクシーの待つ場所まで車椅子を押していくと、シャロンを抱きあげてタクシーに乗せた。

「大げさね。そこまでしなくてもいいのに」シャロンがくすくす笑った。

「面倒を見るのは当然だろう。君は僕の……」

「あなたの何かしら？」シャロンが静かに尋ねた。

アグスティンは答えに詰まった。彼女は妻でも恋人でもない。愛し始めた女性、だろうか？

「僕の子の母親だ」彼は慌てて答えた。

ほんの一瞬、シャロンの顔を失望がよぎったように見えた。「そのとおりね」彼女は言った。

アグスティンもタクシーに乗りこみ、運転手に行く先を告げた。ホテルに着くと、またシャロンを抱いてロビーまで運んだ。

客室に入ったのは午前四時だった。緊張の糸が切れ、アドレナリンも底をつき、アグスティンは疲れ果てていた。シャロンはベッドに横たわった。

「疲れきった顔ね」上掛けの下で彼女が言った。

「へとへとだよ。ルームサービスでも頼むかい？」

「お腹はすいてないわ。ただ眠いだけ」

「それなら寝ればいい」アグスティンはほっとして、片隅の椅子に座った。

「何をしているの？」

「ここで寝るのさ。産科医から君を一人にしないように言われた」

「だけど、なぜそこで寝るの？　これはキングサイズのベッドよ。あなたの寝るスペースもあるわ」

アグスティンは脈が速まるのを感じた。前回ベッドを分け合ったときは、二人とも全然眠れなかった。

「本当にいいのかい？」

「もちろん。だって椅子は寝心地が悪いでしょう」

「確かに」彼は立ちあがり、ベッドに仰向けに横たわった。ところがシャロンの隣に寝ると、つい先ほどまでの疲労感が消え、恐ろしいことに体が彼女に反応し始めた。シャロンはもうバルセロナの一夜以来僕がずっと抱きしめてきた記憶のかけらではない。血の通った肉体だ。そして今ここにいる。手を伸ばせば触れられる。なぜそうしないんだ？

アグスティンは寝返りを打ち、シャロンに背を向けた。背後から規則正しい寝息が聞こえてきた。

幸い、彼女は早くも眠りに落ちたらしい。アグスティンは目を閉じ、シャロンを抱きしめて自分のものにしたいという衝動を抑えこんだ。

マットレスが動くのを感じて、アグスティンは目を覚ました。もう着替えたシャロンが窓のそばを歩きまわっている。シャワーも浴びたらしい。

「何かあったのか？」彼は寝ぼけた声できいた。

「ごめんなさい。起こしちゃったかしら？」彼女はなんだかぴりぴりしている感じだ。

「かまわないよ。君こそ大丈夫かい？」

「ええ、大丈夫。なんでもないわ」

「今、何時だい？」

「午後一時よ」

「午後一時？」アグスティンはあっけにとられた。ろくに寝ていない気がするし、夢も見なかった。しかもまだいつも以上に疲れている。

「私は十一時に起きて弁護士と話し、シャワーを浴びたわ」シャロンは不安げに下唇を噛《か》んでいる。

「本当に大丈夫かい？」

「ええ。ただ、ウシュアイアに帰ったら不動産仲介業者と話をしないと」彼女はつぶやいた。

「その必要はないよ」

「だけどお金が必要なの。老朽化したブエノスアイレスの不動産は売っても利益が出ない。アブエラの家を担保に融資を受けることもできない。でも弁護士費用は払わなきゃならない。着服された税金をまた払う義務はないという訴えを起こそうとしたけれど、詐欺師の居場所を突き止めるにはさらにお金がかかる。外国に逃亡していたら、強制送還に時間もかかる。アブエラの家を売るほうが簡単で手っ取り早いのよ」シャロンはため息をついた。

「僕が力を貸すよ」

「それは困るわ」シャロンはやんわりと言った。

「なぜだ？」いつもそばにいて彼女を助けたいのに、追い払われるのはつらかった。

「私が自分ですべきことだからよ」

アグスティンはシャロンの自立心を理解できた。気に食わないが理解はできる。だから話題を変えた。

「お腹がすいていないかい？」

「ぺこぺこよ」

「よし、それならランチに行こう。役所との面談の件は片づいた。アブエラのつき添いの件も手配ずみだ。今は出かけて楽しもう」

「楽しむの？　それはどうかしら。前回羽を伸ばして楽しんだときは、結局妊娠してしまったわ」

「とはいえ、僕もこれ以上は妊娠させられない。だから今回は心置きなく楽しめる」

シャロンはかぶりを振ったが、ほほ笑んでいた。

「わかったわ。でも急いで支度をしてね。本当にお腹がすいているの。それからランチは私のおごりよ。あなたにはお世話になっているもの」

「はい、看護師さん」アグスティンはすばやくシャワーを浴びた。出かける途中で母の家に寄って着替えよう。前駆陣痛の話をすれば、母はシャロンのそばを離れるなと言うに違いない。

シャロンも元気になってくれたみたいで嬉しい。今日のランチの目的は、彼女をリラックスさせることだ。二人でベッドにこもるというリラックス法もあるが、それは考えないようにしなくては。

シャロンはランチに行くのが嬉しかった。ゆうべの病院と今朝の弁護士との電話で憂鬱になったあとでは、何か楽しい気晴らしが必要だった。

自分は自立した強い女性のつもりだが、ゆうべはアグスティンがそばにいてくれてありがたかった。彼が隣に寝ていると、安心してぐっすり眠ることができた。一緒にいるのが自然で正しく思えた。

、まるで彼の隣が私の居場所であるかのように。

誰かに頼ると心地よくほっとする。でも頼ることに慣れるわけにはいかない。頼れるのは自分だけだ。力を貸すというアグスティンに頼れたらいいのにと思うけれど、それはできない。

彼に頼るのは正しくない。アグスティンとは家族でもなんでもないし、いったん頼ってから彼が心変わりして去っていったらどうなるの？

私は一人で、何もない状態で取り残される。だったら最初から一人で対処したほうがいい。

ウシュアイアに帰れば、することがたくさんある。ゆうべ産科医からは、ストレスをためるのはよくないと言われた。今日はここブエノスアイレスで、穏やかな冬の一日を楽しもう。

シャロンはアグスティンに連れられてビーグル水道を見晴らすカフェへ行き、彼の母やその友達の話をした。ただ気軽な会話をのんびり交わしていると、二人が長年そんな時間を過ごしてきたように感じた。

ランチのあとは町を散歩した。外は陽光が降り注ぎ、暖かい。まるで春のニューヨークのようだ。

「今、サンドリーヌからメールが来た。ウシュアイアは雪が降っているそうだ」アグスティンが言った。

「それで、こっちは薄手の上着で外を歩けるぞ、とメールしたのかしら？」シャロンはからかった。

「なぜ僕がそんなメールをわざわざ送るんだい？」

「お兄さんというのは、そうやって妹や弟に自分のほうが偉いと見せつけるものじゃないの？」

「今の僕は兄というより父親みたいなものだ」

「この子のために、ちょうどいい練習になるわね」

シャロンはお腹に手を触れた。

「今は特に父親役を務める必要があるんだ。サンドリーヌは相変わらず例の少年とつき合っている」

「〝例の少年〟にはディエゴという名前があるのよ。なぜあの子を嫌うのかわからないわ。悪い子には見えないのに」

「あいつがサンドリーヌをどうしたいのかわかっているからさ」

「妹さんを子供扱いするのをやめないと、煙たがられて避けられることに……」

シャロンは、スケートボードをしている十代の少年の一団に目を奪われて語尾を濁した。その中の一人がスケートボードで階段の手すりを滑りおりている。シャロンには次に何が起きるかがわかった。少年は空中高く投げ出され、顔から地面に叩《たた》きつけられた。地面に血だまりが広がっていく。

「なんてこった」アグスティンが駆けだした。ほかの少年たちは倒れた少年を囲んで呆然《ぼうぜん》と立っていた。

シャロンは意識を失った少年のそばにひざまずき、気道を確保し、呼吸と脈拍をチェックした。頭から大量に出血している。

「タオルはないか？　Tシャツでもいい」アグスティンが叫んだ。

少年の一人がタオルを差し出した。

「誰か携帯電話を持っていないか？　救急車を呼んでくれ」アグスティンが言ったとたん、少年たちはクモの子を散らすように逃げていった。

「どういうこと？」シャロンはあっけにとられた。

「ドラッグだよ。においでわかる」アグスティンはシャロンにタオルを渡した。「傷口を押さえていてくれ。僕は救急車を呼ぶ」

シャロンは頭の傷にタオルを押し当て、アグスティンは救急車を呼んでから少年が何か身分証明になるものを持っていないか調べた。

だが何もない。名前も所属もわからない。一人で置き去りにされたのだ。シャロンの胸は痛んだ。

「この子を放ってはおけないわ」

「君の言うとおりだ。一緒に病院まで行こう」

救急車が到着し、少年を乗せて病院へ向かうと、アグスティンとシャロンは車であとを追った。

救急救命室は患者であふれ、猫の手も借りたい忙しさだったので、アグスティンとシャロンは入室を許された。少年は外傷病棟に移されるころには意識を取り戻していた。違法薬物のチェックと血球数算定検査《CEC》のための採血がすむと、看護師は少年を残して出ていった。意識があるので、さしあたり治療の優先順位は低いのだ。

「やあ《オラ》、君の名前は？」アグスティンが少年のベッドに身を乗り出してきいた。

「ペドロ・ゴンサルベス」少年が答えた。

「よかった。自分が誰だか覚えていたのね」シャロンは優しく言った。

「ペドロ、何が起きたか覚えているかい？」

「覚えてない。でも頭が痛いよ」ペドロは哀れっぽく訴えた。

看護師が鎮痛剤を持って現れ、少年に両親の連絡先を尋ねると、電話をするために出ていった。

次に救命医が現れた。「ご両親ですか？」

「いいえ、ご両親には今電話で連絡中です」シャロンが答えた。

「ドクター・ヴァレラです。たまたま現場にいて事故を目撃しました」アグスティンが自己紹介した。

「あの形成外科医のドクター・ヴァレラ？」救命医は感心した様子できいた。

「シ、そしてこちらは看護師のミズ・ミサシです」

「お二人が居合わせて、彼は運がよかった」救命医はペドロを診察した。「たぶん軽度の脳震盪《のうしんとう》でしょう。看護師を呼んで、傷を縫ってもらいます。薬物検査で微量のマリファナが検出されましたよ」

救急医が去って看護師を待つ間、シャロンは少年に話しかけた。「ペドロ、年はいくつ？」

「十六」

「わかっていると思うけど、ドラッグとスケートボードの組み合わせは危険よ。死んでいたかもしれないわ」シャロンは穏やかにたしなめた。

「わかってる」ペドロはため息をついた。「ばかだったよ。助けてくれてありがとう」

「どういたしまして。私は看護師よ。人を助けるのが仕事なの」

別の看護師がペドロの傷を縫って圧迫包帯を巻いたところで、両親が現れた。アグスティンが両親と話し、二人はひたすら感謝の言葉を繰り返した。

「やれやれ。ランチのあとののんびりした散歩、というわけにはいかなかったな」病院を出て、アグスティンが言った。「だが君がいてくれてよかった。二人で仕事をするとき……君はまるで僕の手足のように動いてくれる。とても有能な看護師だ」

シャロンは頬が紅潮するのを感じた。嬉しくて体が熱くなる。アグスティンが私の仕事を評価してくれた。彼は私と一緒に働くのが好きなのだ。

「少し疲れたわ」聞き慣れない誉め言葉《ほめことば》がくすぐったくて、シャロンは話題を変えた。

「ホテルへ帰ろう」アグスティンはあっさりと応じた。まるで〝我が家へ帰ろう〟と言うように。シャロンの胸はときめいた。

「一眠りしたいの」

「僕もだ」アグスティンに手を取られると、甘い歓喜の波がシャロンの全身に広がった。彼のそばにいると温かくて安心できる。このひとときにしがみついていたい。できるだけ長く。

誰かに頼ってもいいのでは、誰かを愛してもいいのでは、という考えが初めて浮かんだ。でも、その考えに屈するのは怖すぎる。

アグスティンに感じるすべてが、そして彼に求めるすべてが、シャロンは怖かった。

12

シャロンはアグスティンと一緒にホテルへ戻り、一緒にベッドに入った。ただし今回はすぐには眠れなかった。あれほど疲れていたのに眠けが消えてしまったのだ。アグスティンは背中を向けて隣に横たわり、目を閉じて胸の前で腕を組んでいる。

「君に見られている気がする」彼がつぶやいた。

「見てないわ」

本当は見ていた。見つめずにいられない。

認めたくないけれど、どんどん彼を好きになる。まさか自分がこんなに誰かを好きになるなんて考えてもみなかった。気持ちを抑えるべきだができない。心のどこかで、抑えたくないと思っているから。

心のどこかで、いつまでも続く幸せを望んでいるから。そんなものが存在するとは、まだ納得しきれていないけれども。

アグスティンが寝返りを打って、こちらに向き直った。「疲れていたんじゃないのか？」

「そうだけど、まだお礼を言ってなかったから」

「なんのお礼だい？」

「ゆうべ面倒を見てもらったお礼よ」

「愛しい人《ケリーダ》、僕が面倒を見るのは当然だろう？」

「だけどバルセロナでのあの夜、先のことは何も約束しなかったわ」

「二人の関係は変わったんだ」

「あら、何か変わった？」

「変わっていないと言うのか？　君はゆうべ僕に助けを求めた。僕を信頼してくれた証拠だ」

「父のことがあるから誰かを信じるのは難しいの」

「僕は君のお父さんとは違う」

「わかっているわ」わかっていても、アグスティンへの思いは止められない。自分の心を守るために築いた壁が崩れかけている。アグスティンは、私の防壁を越えて心の奥に触れた初めての人だ。

その彼に去られたら耐えられないだろう。でも彼を説得できるかもしれない。そしてウシュアイアで、私たちの娘とおばあちゃん《アブエラ》とサンドリーヌと、みんなで家族になるという夢を現実にできるかも。ずっとひそかに夢見てきた家族を持てるかもしれない。

彼も私も、夢の実現のために闘うべきなのかも。

シャロンは身を乗り出してアグスティンにキスをした。最初はそっと。それからバルセロナの夜と同じ情熱を込めて。あの夜、彼の虜《とりこ》になり、自分をさらけ出した。もう一度心をさらけ出して彼を求めたい。アグスティンは、ほかの誰とも違うから。

たとえ二人の関係が続かないとしても、今夜もう一晩だけ彼と情熱を交わしたい。シャロンはキスを深め、アグスティンを引き寄せて体を押し当てた。

「ケリーダ、そんなキスをされたら自分を抑えられなくなるよ」アグスティンが喉元でつぶやいて、彼女の体に両手を滑らせた。

「かまわないわ。私もあなたが欲しい」シャロンの全身は期待にうずいた。

「本当にいいのかい?」彼はもう一度キスをした。

「ええ、あなたが欲しいの。バルセロナの夜と同じ。ただ一緒にいたい。今夜一晩だけは」

アグスティンは彼女の体にくまなくキスを浴びせた。二人は大急ぎで服を脱ぎ、素肌と素肌をぴったり重ねた。シャロンの肌に火がつき、血が沸き立つ。体中が熱くなり爪先までとろけて、渇望で脚の間が潤った。敏感になった肌を彼の唇がたどっていく。感じやすい胸の先端を舌でいたぶるように愛撫《あいぶ》されて、シャロンは思わず声をあげた。

アグスティンの手が、舌が触れると、シャロンの体はどこもかしこも反応する。体は彼の筋肉のたくましさを、手の力強さを覚えていた。

アグスティンはシャロンの首筋を甘噛《あまが》みしながら手を彼女の脚の間に滑らせ、秘部をなで続けた。

徐々に快感が募り、シャロンは腰を浮かせた。体の奥深くで彼を感じたい。

アグスティンのすべてが欲しい。

もっと、もっと欲しい。

「ケリーダ、君の望みは？　何が欲しい？」耳元でアグスティンがささやいた。

「あなたが欲しい」シャロンは息絶え絶えに答えた。

二人の視線が絡み合う。アグスティンは彼女の内に身を沈め、シャロンは歓喜の叫びをあげた。

「痛かったかい？」アグスティンは心配そうだ。

「いいえ、やめないで」やめてはだめ。

もっと、もっと欲しい。これからもずっと欲しい。

でもそれは愚かな願いとわかっている。彼が去って悲哀を味わうことになっても、それは彼を受け入れ愛した私の自業自得だ。

今は、そんな先のことはどうでもいい。

今はただアグスティンをもっと深く受け入れたい。

シャロンは両脚を彼の腰に巻きつけ、もっと奥まで入ってきてとせがんだ。だがそれは不可能だった。二人の間には、丸いお腹《なか》がある。

「ケリーダ、別の形を試してみよう」アグスティンはいったん身を引いた。「横向きに寝てごらん」

シャロンはその指示に従った。アグスティンは彼女の上側の脚を自分の腰に巻きつけ、背後から中に入った。

アグスティンが動きを速めるにつれて、えもいわれぬ歓《よろこ》びが押し寄せ、シャロンの体は知らず知らず彼を締めつけていた。

ほどなくアグスティンは高みにのぼりつめた。やがて彼が腰に巻きついたシャロンの脚を静かにベッドに下ろしたときには、シャロンはすっかり脱力して、骨までとろけたように動けなかった。

「ケリーダ」アグスティンは彼女の肩にキスをしてつぶやいた。

シャロンは愛していると言いたかった。ずっと一緒にいてほしいと、どこへも行かないでほしいと。でも言えなかった。彼を、そして自分の心を信じるのが怖かったのだ。

シャロンが眠りに落ちてからも、アグスティンは眠れずにいた。そして背後から彼女を抱きしめたまま、丸いお腹を片手で優しくなで、娘が小さな足で蹴るのを感じていた。これほど幸せな気持ちになるのは本当に久しぶりだった。

ルイーサを失って以来初めてだ。またこんなふうに幸せを感じる日が来るとは夢にも思わなかった。

だから不安で怖くもあった。それでもここにいたかった。シャロンの隣に横たわり、自分の娘が蹴るのを感じていたい。目頭が熱くなり、慌てて喉にこみあげる塊をのみくだした。これほど幸せになる資格が僕にあるのか自信がない。

シャロンのように美しい女性との二度目のチャンスを与えられる資格があるだろうか。アグスティンは彼女を起こさないようにゆっくりと起きあがったが、シャロンが手を差し伸べて彼を止めた。

「ちょっと母の家へ行って、荷物を取ってくるだけだ。一時間で戻る。寝ていてくれ」

「約束する？　私を置いてどこへも行かない？」

アグスティンはその言葉に胸を打たれて、彼女の頭に優しくキスをした。「必ず戻ってくるよ」

彼女は目を閉じたままうなずいて、また眠りに落ちた。栗色《くりいろ》の長い髪が後光のように枕に広がっている。僕の記憶にあるあの夜と同じだ。アグスティンはシャロンを毛布でしっかり包み、頰にキスをした。

もう長いこと、そんなふうに彼女の面倒を見てきたような気がした。

実際は、そうではないけれども。

アグスティンは服を着て、車でレコレータへ向かった。アパートメントに着くと、母が部屋の中をうろうろ歩きまわっていた。彼はたちまちうなじの毛が逆立つのを感じた。「母さん、どうかしたの？」

「ちょうどメールしようと思っていたところよ。ウシュアイアで事故があったの」母の声は震えていた。

「事故？」また事故だって？　僕は過去に引き戻されてしまったのだろうか？

「サンドリーヌよ。車に乗っていて、雪崩に巻きこまれたの。今は病院にいる。私が聞かされたのはそれだけ。法律上の保護者はあなただから、詳細はあなたに伝えたいと電話で言われたわ」

またただ。僕はサンドリーヌを放置していた。十年前、仕事にかまけてルイーサを失ったときと同じだ。

今すぐにウシュアイアへ帰らなくては。

「シャロンも一緒に連れて帰らないと。前駆陣痛の心配があるからまだ飛行機に乗せたくないが、アブエラを一人にはできない」

「大丈夫。マリアがつき添っているわ。確かめたの。私もアブエラに取りあげてもらった一人で、今も連絡を取り合っているのよ」母が言った。

「そうだったね」アグスティンはほほ笑んだ。テレーサはみんなのアブエラなのだ。

「私の自家用ジェットを使ってくれ。もう空港に電話してある」継父のハーヴィエルが言った。

「ありがとうございます」アグスティンは感謝した。

早くサンドリーヌのもとへ行かなくては。またしても肝心なときに家族のそばにいなかったと思うと、罪悪感に押しつぶされそうだった。僕は最低の兄だ。妹のそばにいてやれない兄が、娘のそばにいる父親になれるだろうか？　見通しは悲観的だ。

「さあ、ウシュアイアへ行って、家族の面倒を見るんだ」ハーヴィエルが促した。

アグスティンはうなずいた。だが僕たちは家族だろうか？　妹の面倒を見られない兄に家族の資格があるだろうか？　僕はサンドリーヌを放置して、彼女は事故に巻きこまれ、僕は彼女の安否すら知らない。またしても家族失格だ。

シャロンは飛行機の中で眠っていた。アグスティンがホテルに戻り、サンドリーヌが事故に遭ったことを告げると、シャロンはベッドを出て荷造りをした。レンタカーで空港へ向かい、そこに待機していた継父の自家用機に乗るまで、アグスティンはほとんど口をきかなかった。飛行機が離陸すると、シャロンはシートで丸くなり、窓にもたれて眠った。

僕も眠れたらいいのに、とアグスティンは思った。

ところが三時間のフライト中、彼は妹の役に立てなかった自分をひたすら責めていた。サンドリーヌが十八歳になるまでは僕が後見人だ。でも自分にその資格があるだろうか？　あの子をウシュアイアに残してくるべきではなかった。一緒にブエノスアイレスへ連れてくるべきだったのだ。しかしサンドリーヌは、学校があるしアブエラの世話もあるからウシュアイアに残る、と頑固に言い張った。

あの子はシャロンとアブエラをもう自分の家族と見なしているのだ。僕もそんな妹と同じく楽観的になれればいいのだが。そして、なんとかしてあの子と心を通わせたい。今、サンドリーヌを失うかもしれないと考えただけで耐えられない。

僕は実父ともサンドリーヌの母親ともいい関係を築けなかった。だがサンドリーヌは僕の妹だ。それに実母と継父のハーヴィエルを除けば、僕には家族がいない。

シャロンがいると思いたいが、彼女は家族ではない。そしてシャロンに手を差し伸べ、家族になってもらう勇気はない。ルイーサを失ったように彼女も失うかもしれないと考えると恐ろしすぎる。

けれどもシャロンを腕に抱くとき、彼女と一緒にいるときは何も怖くない。

とはいえ、また事故が起きたという厳しい現実に直面する今、シャロンを失うかもしれないと考えるのは耐えられない。

「君はまっすぐ家へ帰ったほうがいい」飛行機が着陸し、アグスティンは荷物を手に取りながら言った。

「いいえ、私は看護師よ。もし車の多重事故なら、人手は多ければ多いほどいいはずだわ」

「本当に手を貸す気なのか？　君は休まないと」

「私は大丈夫よ。病院へ行くわ」シャロンは腕組みしている。何を言っても無駄だろう。

二人は救急救命室へ向かった。病棟は満員だ。救急救命室長のドクター・レイエスは、友人のアグスティンの顔を見てほっとした様子だった。

「アグスティン！　サンドリーヌは三号室だ。もし手を貸してもらえるなら、ここには負傷者とやけど患者が山ほどいるぞ」

「もちろん手伝うよ。ただ、まず妹の様子を確かめたい」

「助かった。三号室は廊下の先だ」

「私は正看護師です。お手伝いできますか？」シャロンがきいた。

「もちろん大歓迎だ」ドクター・レイエスが答えた。

アグスティンはシャロンを止めたかったが、彼女は救急救命室長と一緒に歩み去った。せめて気をつけてと言いたかったが、言葉は出てこなかった。

彼女は僕の家族ではないのだ。

アグスティンは深いため息をついて、三号室をめざした。病室へ入るときには心臓が激しく打っていた。サンドリーヌはベッドに横たわり、壁を見つめていた。腕には包帯が巻かれている。

「サンドリーヌ？」彼はおずおずと呼びかけた。

「兄さん？」サンドリーヌは驚いて目を見開いた。

「帰ってきたの？」

「当たり前だろう？　家族じゃないか」

「私のために駆けつけてくれる人なんて、パパ以外には誰もいなかった。でもパパが亡くなって……ずっと独りぼっちで寂しかった」妹はすすり泣き始め、アグスティンは彼女を腕に抱いた。

「もう大丈夫だ。僕がそばにいるよ」

サンドリーヌは彼にすがりついて大声で泣いた。アグスティンはそばよかった。妹は生きていた。アグスティンはそばにいてやれなかった自分に、妹は距離を置きたがっていると思いこんでいた自分に腹が立った。

「サンドリーヌ、何があったんだい？」

「ディエゴとドライブしていたとき――」

「やっぱりな。あいつのせいで、いつかトラブルに巻きこまれるのはわかっていたよ」

サンドリーヌは体を引いた。「雪崩が起きたのは彼のせいじゃないわ。とにかく雪崩のせいで玉突き事故になって、ディエゴは燃える車から私を助け出してくれたのよ。何台もの車が燃えて、彼はまたほかの人を助けに行った」妹の目に涙があふれた。

「そもそも、なぜあいつの車に乗っていたんだ？」

「アブエラのために集めた募金を銀行へ預けに行った帰りだったの。もうかなりの額が集まったわ」

「なんですって？」誰かが叫んだ。

アグスティンが振り返ると、ドア口にシャロンが立っていた。戸惑った表情で腕組みしている。

「シャロン、ドクター・レイエスを手伝っているのかと思ったよ」

「でもその前に、サンドリーヌの様子を見に来たの。アブエラのための募金って、いったいなんの話？」

「町のみんなが協力してくれたんだ」

「引っ越さなくてもすむくらいの額は集まったのよ」サンドリーヌが言い添えた。

「どういうこと？」シャロンはまだ困惑顔だ。

「君が僕の援助を拒否したから――」

「ご近所の施しも結構よ」シャロンは声を荒らげた。

アグスティンは妹をちらりと見た。「すぐ戻る。休んでいてくれ。シャロン、廊下で話さないか？」

サンドリーヌはくるりと目をまわした。アグスティンはシャロンを廊下へ連れ出し、ドアを閉めた。

「つまり、町中のみんなにアブエラがお金に困っていると話したのね？」シャロンが言った。

「アブエラも君も、助けが必要だったからね」

「あなたに、そんなことをしてもらう筋合いはないわ。やりすぎよ。お金ならある――」

「いいや、ないから家を売って引っ越す気だった」

「同じ町内の別の地区へ移るだけよ。私は文なしじゃないし、自分の面倒は自分で見るわ」

「僕が見てもいいはずだ。君の力になりたいんだ」

「力になりたい？　いつか私たちを見捨てる日が来ても良心が痛まないように、かしら？」

「君こそ、僕を見捨てて引っ越そうとしている」

「いいえ、同じウシュアイア市内ですもの。いつでも会えるわ」

「嫌な話だが、いつかアブエラが亡くなり、君が国際看護師に戻っても、いつでも会えるのか？」

「それを言うなら、いつかあなたが奥様を亡くした悲しみと罪悪感に耐えきれず、私の父のように逃げ出したら、私たちはどうなるの？」

「僕は君のお父さんとは違う」

「奥様が亡くなったのはお気の毒だと思うけど、自分の問題から逃げることはできないわよ」

「君だって子供時代の悲惨な記憶から逃れたくて、世界中を飛びまわる仕事に就いたんだろう」

「私はもう逃げない。ここにとどまって子育てをする。でもあなたは、いつか私たちを見捨てる」

「僕は援助の手を差し伸べているのに、君がそれを拒否して僕を追い払おうとしているんじゃないか」

「追い払うつもりなんかないわ」

「それなら、意地を張らずに金を受け取ってくれ」

「それはできない」シャロンは急に小声になった。

「何を怖がっているんだ？」二人は黙りこんで、ただ互いを見つめた。アグスティンはシャロンの目に浮かぶ怒りと心痛に気づいた。僕のせいだ。

「あなたとみんなのお金はあとできちんと返すわ」

彼女は冷たく言うと、背を向けて立ち去りかけた。

「僕は君の父親とは違う。君を見捨てたりしない。君が、僕を見捨てようとしているんだ」

シャロンは肩越しに振り返った。「私はあなたの妻じゃないのよ。自分の娘が父親に捨てられるのを、私と同じ苦痛を味わうのを許す気はないわ」


アグスティンはもうシャロンを引き止めずに、サンドリーヌの病室に戻った。

「あれで正しいことをしたつもり？」

どうやら妹も怒っているようだ。彼は髪をかきあげ、ため息をついた。「いろいろと複雑なんだ」

「ちっとも複雑じゃないわ。兄さんはシャロンを愛している。ルイーサが亡くなったとき、私はまだ幼かったけれど、そのルイーサも兄さんの幸せを願っているはずよ」

「僕はシャロンを愛しているかもしれないが、彼女は僕を愛していない。愛しているなら、僕を信じて頼ってくれるはずだ」

「それだけで決めつけるの？　本当に幼稚なんだから。シャロンは子供時代のトラウマを乗り越えて、兄さんを信じようと努力しているのよ。そう話してくれたわ。私も同じつらい体験をしたからわかるの。兄さんはいつも仕事ばかりで……」

アグスティンは妹を抱き寄せた。「君のつらさや寂しさに気づいてあげられなくて、すまなかった」

「兄さんは自分の悲しみを仕事で紛らわしていた。私だって、そんないつも仕事第一の兄さんをやすやすとは信じられなかったわ。でもだからって、兄さんを愛していないわけじゃないのよ」

「だがシャロンは、僕を愛していると一度も言ったことがない」

「愛しているか、きいてみた？」

いいや、きいてみたことはない。シャロンは誰ともつき合う気はないと言ったから、あえてきかなかった。「いろいろと複雑なんだ」彼は繰り返した。

誰かを愛し、また失うのが怖くて、そんな言い訳をしているだけだとわかっていたけれども。

問題は、すでにシャロンを愛しているのに、その愛を自分で台なしにしかけていることだ。

「ちっとも複雑じゃないわ。兄さん、正しいことをしてちょうだい。さもないと、私ばかりかアーヴァにまで追いまわされることになるわよ」

妹は僕を脅迫している。まだすべてが台なしになっていなければいいが、とアグスティンは思った。


シャロンは傷つき怒っていたが、自分の感情は押し殺して病院のスタッフを手伝い、玉突き事故の犠牲者のケアに当たった。救急隊員はまだ現場のがれきに埋まった人々の救助を続けている。

ひどい混乱状態の中で、シャロンは看護師の仕事に専念し、自分の心の傷は無視した。

でも本当にアグスティンに傷つけられただけなの？　私にも非があるのではないかしら？

どちらかが一方的に悪いわけではない。彼はただ親切心から私の重荷を減らそうとしただけだ。

確かに、私には自分で解決する手段があった。でも他人への不信感が強すぎて、私同様アブエラを愛する近隣の人々まで追い払ってしまったのでは？

今、患者で満員の救急救命室で、シャロンは地域住民が悲劇を前に一致団結する姿を目にしていた。

そしておばや子供病院の看護師によくしてもらった幼い日の記憶がよみがえった。あの看護師のおかげで、他人を助ける仕事に就こうと思ったのだ。おばと祖母からは、私が自分一人ですべての問題を解決しようとするといつも言われていた。

そのとおりだ。

アグスティンがいつかは去っていくのではと思うと怖くて、彼の援助を受け入れられなかった。見捨てられる前に自分から追い払うほうが楽だと感じた。けれど本当は彼に去ってほしくない気持ちもある。彼を信じて頼りたい気持ちもある。

愛して捨てられる恐怖にもかかわらず、もうアグスティンを愛していたのだ。

「犠牲者は男性。推定年齢十六歳から十八歳。落石の山から救出。顔と頸部《けいぶ》に熱傷と打撲傷あり」救急隊員が叫びながらストレッチャーを押して外傷病棟へ入ってきた。シャロンが駆けつけると、隊員は患者のバイタルを伝えていた。生きているだけで幸運という状態だ。そのとき、シャロンは患者の独特な靴に気づいた。サンドリーヌのボーイフレンドが履いていたクロストレーニング用のスニーカーだ。

ああ、なんてことなの。

「患者は身分証を所持していました。名前はディエゴ・サントス。誰か、彼の最近親者に連絡してください」医師が言った。

「私の知り合い——隣人のボーイフレンドです」

医師はシャロンに向き直った。「顔の一部が破砕されています。早急に手術が必要だ」

「僕が手術しよう」不意に現れたアグスティンが、シャロンには声もかけずに患者を診察した。「今すぐしなくては。誰か手術室の準備を頼む」

「私が手伝います」シャロンは言った。

「長い手術になる。長時間立ちっぱなしでいるのは、君の体によくない」

「大丈夫。これは私の仕事です。任せてください」

「僕の許可は不要というわけか。いいだろう。準備を始めてくれ」アグスティンは病室を出ていった。

シャロンはその態度に傷つき、彼と話したいと思ったが、今はディエゴの命を救うことが先決だ。

シャロンは手術着の下で汗が体を伝うのを感じた。非常に骨の折れる手術で、徐々に疲れてきていた。今や体が思うように動かない。看護師として経験したことのない手術だったが、アグスティンは熟練の腕で見事にこなしている。

「シャロン、大丈夫か？」彼は手を止めずにきいた。

「大丈夫です」そう答えたものの自信はない。

「少し休んでもかまわないよ」

気遣いは不要と言い返したかったが、足が痛み、靴がきつく感じられる。なんだか具合が悪い。「ええ、そのほうがいいかもしれません」彼女は認めた。

「アブリル、シャロンと交代してくれるかい？」

「はい」アブリル看護師がアグスティンに答えるのを聞いて、シャロンは手術室を出た。手を洗いながら八時間も立ちっぱなしだったと気づいた。靴がきつく感じられたのも当然だ。足がむくんでいる。

一瞬めまいがしたがすぐに収まったので、そのままサンドリーヌの病室へ向かった。

「入ってもいい？」シャロンはノックをしてきいた。

「もちろん！　なんだか疲れてるみたいね」

「手術をしていたの」誰の手術かは言いたくない。その話はアグスティンに任せよう。シャロンはベッドの端に座った。「具合はどう？」

「もう大丈夫。私のせいで怒らせちゃったのなら、ごめんなさい。私たちみんな、アブエラが大好きなのよ。隣近所は全員、もっと遠くの人たちもアブエラに取りあげてもらったんだもの。そして町中があなたのことも好きで、私もあなたが大好き」

シャロンはほほ笑んだ。「私もあなたが大好きよ。何があろうとね」

「それじゃあ、怒ってない？」

「ええ、あなたは悪くない。私が強情を張っていただけ。誰の手も借りないと決めこんでいたの」

「あと、アグスティンのことだけど……兄は、過去に多くを失った。知っているでしょう？」

「ええ、知っているわ。ただ、父に捨てられてから、私はなかなか人を信頼できないのよ」

「私がお母さんに捨てられたみたいにね」サンドリーヌはため息をついた。「そばにいたときも、あの人は大した母親じゃなかったけど」

シャロンは静かに笑った。「私たちは本当に似た者同士ね。そして偶然出会った」

「運命よ。私たちは家族になるように運命づけられているんだわ」

シャロンもそう信じたかったが、まだ不安がある。

「アグスティンは奥様を愛していたのよね？　私なんかでは満足できなかったらどうなるの？」父が出ていったのも、娘の私に満足できなかったからだ。

「今、兄は意地を張っているけど、絶対にあなたを置いて出ていったりしない。あなたも兄を愛しているでしょう？　兄はよかれと思って募金集めを思いついたのよ。どうか怒らないであげて」

「ええ、わかってる……」部屋がまわりだし、頭痛が始まった。ナイフで頭を切り刻まれるような激痛に視力を奪われ、シャロンは頭を抱えてうめいた。

「シャロン？」遠くでサンドリーヌの声がする。

「助けを呼んで」なんとかそれだけ言うと、目の前が真っ暗になった。

アグスティンはディエゴの手術を終えた。あの少年は元気になるはずだ。多少は傷跡が残るし、理学療法も必要だが、とにかく生き延びた。そしてアグスティンはサンドリーヌやほかの人々から、少年の事故現場での勇敢な活躍について聞かされた。僕はディエゴのことを誤解していたのだ。それ以外にも、さまざまなことを誤解していた。

今は二人で話し合うためにシャロンを捜しに行くところだ。彼女がもう怒っていないといいのだが。

アグスティンはもう怒っていなかった。すべてはただの行き違いだったのだ。

シャロンが休憩のために手術室を出たのは二時間前だ。その後戻ってくると思っていたが、結局戻らないまま手術は終わり、アグスティンは心配になっていた。手洗い室を出ると、シャロンの主治医のドクター・ペレスが近づいてきた。

「ドクター・ヴァレラ、シャロンのことでお話が」

「彼女、どうかしたんですか?」心の中で手術を手伝わせた自分を責めたが、あのときは止めようがなかったのだ。

「妊娠高血圧腎症です。血圧を下げようとしていますが、まったく下がらない。赤ん坊もシャロンも危険な状態で、今は帝王切開の準備中です」

アグスティンの胃は恐怖で引きつった。

赤ん坊が、シャロンが死ぬかもしれない。

今、シャロンを失うわけにいかない。

彼女を愛していると、ようやく悟ったのに。

「今は妊娠二十八週目だ」アグスティンはぼんやりした頭で必死に考えて言った。

「二十八週は分娩《ぶんべん》に理想的とは言えませんが、二十七週や二十六週よりは条件がいい。この時期は一週間でも大きな違いがあります」

「今、彼女に会えますか?」アグスティンはきいた。

手術の前に愛していると伝えたい。万一……いや、それは考えたくもないが、とにかく会いたい。

「手短にお願いします。もう手術前検査室に入っているので」ドクター・ペレスが答えた。

アグスティンは大急ぎで手術前検査室に向かった。カーテンで仕切られたベッドの上で、シャロンは静かに泣いていた。「ケリーダ」声が弱々しくかすれないよう気をつけて、彼は呼びかけた。シャロンを守るために、僕は強くならなければいけない。

「アグスティン、さっきはごめんなさい。ひどいことばかり言ってしまったわ」

「謝らなくていい。僕こそすまなかった」アグスティンはベッドの脇に座り、シャロンの手を取った。

「心配でたまらないの。この子はまだ、こんなに小さいんですもの」彼女は小声でささやいた。

「大丈夫だ。僕たちの娘はお母さんに似て強いからね」彼はシャロンのお腹にそっと触れた。

どうか生き延びてくれ。せっかく得た第二のチャンスに僕がきちんと向き合わなかったせいで、すべてが台なしになりませんように。アグスティンは天と地と神に祈った。シャロンと娘の生存を泣いて求めたいが、今は強くならなければ。

「あとで話そう。ここで待っている。ケリーダ、僕はどこへも行かないよ」

「愛しているわ」鎮静剤が効いてきたらしく、シャロンはそうつぶやくと眠りに落ちていった。

「僕も愛している」アグスティンがシャロンの手にキスをしたとき、看護師が現れた。手術室へ運ばれていくシャロンを見送る彼の目は涙で潤み、胸は張り裂けそうだった。

僕にできることは何もない。まったく無力だ。

十年前、二度と胸を引き裂かれる思いはしないと誓ったのに、またこうなってしまった。だが何一つ変えるつもりはない。二度目のチャンスをふいにはしない。シャロンと家庭を築き、幸せになるのだ。

それがどこであっても、彼女のいる場所が我が家だ。ただし今は、シャロンと娘を失うかもしれないという恐ろしい現実に直面している。

どうか彼女が生き長らえますように。

願いはそれだけだ。

アグスティンは手術室の外を歩きまわっていた。シャロンが全身麻酔下にあるため、彼女のパートナーのアグスティンは、外科医として麻酔下の患者を見慣れているとはいえ、入室を禁じられたのだ。だから外で待つしかない。そして待っている一秒一秒が拷問のように感じられた。

ついにドクター・ペレスが手術室から出てきた。

「シャロンは乗りきりましたよ。かなりの出血でしたが、やがて回復します」主治医は言った。

「赤ん坊は？」アグスティンは尋ねた。

「ご自分の目で確かめてください。お嬢さんは新生児集中治療室《NICU》へ搬送するための準備中です」

アグスティンがマスクをして手術室へ入ると、シャロンは麻酔後回復室へ運ばれたあとだった。一方、彼の小さな娘は小児科医チームに囲まれて処置を受けていた。

すでに閉鎖型保育器に入れられ、いろいろな機械につながれている。ところがアグスティンがガラスのフード越しにのぞきこむと、娘は片目を開けた。

それを見た瞬間、嗚咽《おえつ》がこみあげた。

「やあ《オラ》、おちびちゃん」細く繊細な腕に触れたくて、彼はガラスに手を差し伸べた。あんなに小さくて、あんなに華奢《きゃしゃ》で、でも生きている。僕の娘だ。

「お嬢さんは強いですよ」小児科の看護師が言った。

「母親似なんです」アグスティンは応えたが、目はシャロンと二人で作った小さな命に釘《くぎ》づけだった。母親と同じく美しい娘は、僕の愛であり希望であり家族だ。ずっと欲しいと願い、でも決して得られないと思っていたすべてなのだ。

そして保育器のガラス越しに目が合った瞬間、娘は僕の世界になった。シャロンと娘が僕の世界のすべてだ。その二人を僕は決して手放しはしない。

目を覚ますと体が痛かった。でもシャロンには理由がわからなかった。それから、思い出した。

ああ、なんてこと。私の赤ちゃん……。

まだ麻酔が残る中、なんとか目を開けようとしたがまた眠りに落ちていき、次に目覚めたときも自分が動揺している理由を思い出せなかった。

「アグスティン？」シャロンは叫んだ。

「ここにいるよ。大丈夫。僕はどこへも行かない」

ほっとため息をつくと目の焦点が合い、ベッド脇にいるアグスティンが見えた。「何があったの？」

「君は妊娠高血圧腎症で、緊急帝王切開の手術を受けたんだ」

シャロンはかぶりを振った。「まさか、そんな。私はあなたを手伝っていた。ディエゴの手術よ」

「彼はもう大丈夫だ。回復する」

そのとき、頭痛やめまいの記憶がどっとよみがえってきた。「赤ちゃん、私たちの赤ちゃんは？」

「あの子も大丈夫だ。僕たちの娘は強いよ」

「本当に？」シャロンは泣きだした。

「ああ、いつでも会いに行ける」

「今すぐ行きたいわ」

「わかった。車椅子を借りてこよう」

帝王切開の傷口が痛むが、とにかく赤ちゃんに会いたい。シャロンはのろのろとベッドの上に起きあがり、アグスティンの手を借りて車椅子に乗った。点滴スタンドを持ち、車椅子を押してもらい、彼女は廊下の突き当たりのＮＩＣＵへ向かった。

喜びと不安で胸がはち切れそうだ。でも落ち着いて、心を強く持たなければならない。

アグスティンがＮＩＣＵの片隅に置かれた保育器

の前で車椅子を止めた。何本もの管の下に、小さな赤ん坊の姿が見える。

　私の赤ちゃんだ。本当に小さいが、頭はうっすらと柔らかな褐色の髪に覆われている。

「ケリーダ、見てごらん。僕たちの娘だ。強く美しい」アグスティンが誇らしげに言った。

「ええ、そうね」シャロンは声を震わせ、保育器に手を差し伸べた。

「抱いてみますか？」看護師がきいた。「胸の上に抱いて肌と肌をじかに触れ合わせるカンガルーケアは、特に早産児の健康に役立つそうですよ」

「抱きたいわ」シャロンはささやいた。抱いて小さな娘に知らせたい。あなたは独りぼっちではないし、決して親を失う苦痛を味わうことはないと。

　看護師は赤ん坊を保育器から抱きあげ、シャロンが病院着の前を開けると、そっと胸の上に置いた。何本もの管が絡まったままだが、それでも抱き寄せるとぬくもりが感じられる。

「早くも娘の呼吸が安定してきたぞ」アグスティンが言った。

　看護師はにこやかにほほ笑んだ。「カンガルーケアがいちばんの薬ですよ。私はいったん席を外します。お母さんが病室へ帰るときは呼んでくださいな。赤ちゃんを保育器に戻しますから。お母さんも休まないとね。大きな手術を受けたばかりでしょう」

　アグスティンは笑顔で車椅子のそばにしゃがんだ。きらめく瞳から涙がこぼれ落ち、彼は慌てて頬をぬぐった。

「アグスティン、泣いているの？」

「シ」

「どうして？」

「これほどすばらしい光景を初めて見たからさ。二度と得られないと思っていた喜びを得られた。僕はこの二度目のチャンスをふいにするところだった。

これからは行いを改めるよ。シャロン、愛しているんだ。決して君を失うわけにいかない」

「もう仕事優先はやめるの？　奥様を失った悲しみは癒えたの？」シャロンは驚いてきいた。

「これからは、君と僕たちの娘とアブエラとサンドリーヌを優先して、すべての計画を立てる。それと、僕の母とハーヴィエルも大事だな。とにかく僕たちの未来は、すべてここウシュアイアにある。ルイーサの死は遠い過去の出来事だ。もちろんこれからも彼女を愛し恋しく思うけれど、僕の心は君のものだ。そしてルイーサが僕の幸せを願い、君と引き合わせてくれたのだと信じている」

シャロンはにっこり笑ったが、涙をこらえきれなかった。「アグスティン、愛しているわ。あなたを追い払おうとしたのは、見捨てられるのを待つより、先に追い払うほうが楽だと思ったからなの」

「ケリーダ、僕は決して君を見捨てたりしない。君と娘が僕の人生のすべてなんだ」アグスティンはシャロンにキスをした。「結婚してくれるかい？」

「するわ」彼女の心は喜びであふれた。「私もあなたを愛している。ただ、未来を考えると不安なの。でも、あなたのいない未来はもっと恐ろしい」

「僕も、君とこの子なしでは生きられない」アグスティンはもう一度シャロンにキスをしてから、二人で彼女の胸に抱かれた小さな命を見つめた。「どんな名前をつけようか？」

「あなたのお母様と私のアブエラにちなんで、アーヴァ・テレーサはどう？　二人とも強い女性だわ」

「完璧だ」アグスティンの目が輝いた。

「完璧ね」シャロンは小さな娘を見おろしてから愛する男性を見あげた。自分がここにこうしていることが信じられない。この小さな奇跡の誕生は計画外の事態だ。愛のほうから私を捜しに来てくれるなんて、思いもよらなかった。でもここが、隣にアグススティン、腕の中に娘がいるここが、我が家なのだ。

シャロンは人生で初めて〝我が家〟にいると心底感じた。もうニューヨークのアパートメントでシリアルを食べて父の帰りを待っていた、おびえた少女ではない。その後もおばとアブエラの家を行き来して大人になり、看護師として世界中を渡り歩き、ずっと根なし草のように生きてきた。けれど今は我が家がある。やっと我が家に帰り着いたのだ。

ここまでの道のりは長く、途中で多くの想定外の出来事に出合った。でもそれは、妊娠も含めて、よいことばかりだった。あまりに長い間、過去の悪夢にとらわれて心を閉ざしてきたけれど、想定外の出来事に出合ったおかげでようやく悪夢から目覚め、進むべき道を見つけることができた。

世界の果ての地で、いつまでも一緒に幸せに暮らせる家族を見つけたのだ。

エピローグ

半年後

シャロンは我が家となったアグスティンの家の窓から、隣の祖母の家との間にある庭を眺めていた。今は二軒の家をつなげて広げる工事が行われている。完成すればいちいち外へ出ずに祖母を訪ねられる。骨折も治り、家族に世話をしてもらう必要もなくなった祖母は、家具や家電完備の独立した部屋に住み、夕食だけ家族と一緒にとるつもりだ。今は、自分にちなんだ名前を持つひ孫に夢中になっている。

サンドリーヌも二軒の家がつながるのを喜んでいた。一年後にはブエノスアイレスの大学へ進学し、アグスティンのたっての希望でアーヴァとハーヴィエルの家に下宿する予定だ。将来は兄と同じ外科医をめざしているが、こちらは本人自身の希望だった。

さしあたりは姪《めい》に甘い叔母の役に浸りきっている。今も庭で這《は》い這《は》いの練習中のアーヴァ・テレーサにつきっきりだ。赤ん坊は毛布に四つん這いになって体を揺らし、サンドリーヌは毛布の端で励ましている。

庭のつる棚の下に座った祖母も、手を叩《たた》いてひ孫に声援を送っていた。

その横では、ちょうど息子の家を訪問中のアーヴァが軽い昼食の準備をしている。ハーヴィエルが現れたら、庭でランチを楽しむのだ。

家族そろってのピクニック。

自分が家族とそんな経験をする日が来るなんて、シャロンは夢にも思わなかった。でも今ここウシュアイアで、夏の終わり、ピクニックに打ってつけの美しい日に、それは現実になった。こうして家族を眺めていると、幸せで胸がいっぱいになる。

「何を見ているんだい?」アグスティンが背後から彼女に腕をまわした。

「ただ我が家の光景を楽しんでいるだけよ」シャロンは後ろに腕を伸ばして彼を引き寄せた。

アグスティンは彼女の肩に頭を持たせかけた。

「おちびちゃんは這い這いの練習中かな?」

「そうみたい」

「しまった。カメラを持ってこないと」初めての這い這いという成長の節目を逃しては大変と、彼は体を引いた。

シャロンは笑った。「大丈夫。サンドリーヌが持っているわ。小さなアーヴァの人生は、これから二十年間朝から晩まで、あなたとサンドリーヌが完璧に記録してくれるんでしょうね」

アグスティンも笑って妻を自分に向き直らせ、美しい顔をそっとなでた。「これほどの幸運を、僕はいったいどこで手に入れたんだろう？」

「初めて出会ったホテルのエレベーターの中かしら。それとも感染管理に関するワークショップの席？」

「確かにそれも覚えているが、いちばん印象に残っているのは海辺のキスとその後の展開だな」

「それなら私も覚えているわ。すてきな思い出よ」

　アグスティンは妻にキスをし始めたが、ドアベルの音に邪魔されてうめいた。「たぶんあいつだ」

「ディエゴには優しくしてあげて。あなたは彼の命を救ったし、本当はもう彼のことが好きになっているはずよ。何しろ町のヒーローですもの」

「妹のボーイフレンドを好きになれというのか？」

「そうよ」シャロンは腕組みして、きっぱり言った。

　アグスティンは不満げにうなったが、笑顔でドアを開けた。「ミスター・サントス、よく来たな」

　ディエゴは明るくほほ笑んだものの、神経損傷のせいでこわばった笑みになった。歩くときも少し足を引きずるが、もう杖《つえ》は必要ない。シャロンができる限りリハビリに手を貸したおかげだ。

「骨付き肉《アサード》の炭火焼きを持ってきました」ディエゴは大皿を掲げた。「母からです」

「まあ、おいしそう！」シャロンは大皿を受け取った。「町のプールで歩く練習を続けてる？」

「はい、続けてます」ディエゴはほほ笑んだ。

「よろしい。サンドリーヌは庭よ。アーヴァと……というか、二人のアーヴァと一緒にいるわ」

　ディエゴは家の中を通り抜け、裏庭へ出ていった。大人のアーヴァが彼に椅子を差し出し、やりすぎなくらい世話を焼いている。サンドリーヌが立ちあがり、椅子に座ったディエゴにキスをした。

　若い二人の間には紛れもない愛がある。シャロンにはそれが見えた。ディエゴが瀕死《ひんし》の重傷と知ったときサンドリーヌは打ちのめされたが、彼は危機を乗り越えた。きっと数年後には結婚式が……。

「何を考えているんだい？」アグスティンがきいた。

「結婚式よ」シャロンは夢見心地で答えた。

「まさか妹とディエゴのじゃないだろうな？」

シャロンは笑った。「何年かして、サンドリーヌが外科医になったらね。そのときは花嫁につき添うフラワーガールが二人か、フラワーガール一人と指輪を運ぶ係の男の子一人がいるかも」

「いったいなんの話だ？」

シャロンは今朝検査してみたばかりだった。ドクター・ペレスから次の赤ちゃんを作っても大丈夫というお墨つきをもらい、今回は早めに兆候に気づいたのだ。「妊娠六週目よ。まだ二十週目じゃないわ。来年の六月か七月に、もう一人家族が増えるの」

「やれやれ、また冬に生まれるのか！」それからアグスティンはほほ笑んだ。「最高に幸せだ」

「本当に？」

「どれくらい幸せか見せてあげるよ」彼はいきなり妻を抱きあげ、期待を誘う熱いキスをした。

「ええ、ぜひ見せてほしいわ。でも手早くしてね。今日はお客様を招いているから」

「手早くしろ？　それは無理な注文だな」アグスティンは彼女の首筋に唇をつけてささやいた。

「わかったわ。でも一日中というわけには……」

「なぜ一日中してはいけないんだい？」

「アグスティン……」体がとろけ、膝の力が抜けた。

「あなたには逆らえないわ」

「愛しい人《ケリーダ》、僕も君には逆らえないよ」アグスティンは妻を抱えたまま階段を上がり、完成したばかりの主寝室へ、特大のキングサイズベッドが鎮座する夫婦専用の空間へ向かった。そして新たな赤ん坊をどれほど歓迎しているか、じっくり示してくれた。

愛に満ちた我が家に、また一人家族が増えるのだ。

ハーレクイン®

捨てられた娘の愛の望み

2025年3月5日発行

著　　者	エイミー・ラッタン
訳　　者	堺谷ますみ（さかいや　ますみ）
発 行 人	鈴木幸辰
発 行 所	株式会社ハーパーコリンズ・ジャパン 東京都千代田区大手町 1-5-1 電話 04-2951-2000（注文） 0570-008091（読者サービス係）
印刷・製本	大日本印刷株式会社 東京都新宿区市谷加賀町 1-1-1
表紙写真	© Dreamstock ❘ Dreamstime.com

ISBN978-4-596-72315-4 C0297

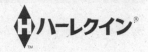

ハーレクイン・シリーズ 3月5日刊 発売中

ハーレクイン・ロマンス
愛の激しさを知る

二人の富豪と結婚した無垢 〈独身富豪の独占愛 I〉	ケイトリン・クルーズ／児玉みずうみ 訳	R-3949
大富豪は華麗なる花嫁泥棒 《純潔のシンデレラ》	ロレイン・ホール／雪美月志音 訳	R-3950
ボスの愛人候補 《伝説の名作選》	ミランダ・リー／加納三由季 訳	R-3951
何も知らない愛人 《伝説の名作選》	キャシー・ウィリアムズ／仁嶋いずる 訳	R-3952

ハーレクイン・イマージュ
ピュアな思いに満たされる

捨てられた娘の愛の望み	エイミー・ラッタン／堺谷ますみ 訳	I-2841
ハートブレイカー 《至福の名作選》	シャーロット・ラム／長沢由美 訳	I-2842

ハーレクイン・マスターピース
世界に愛された作家たち
〜永久不滅の銘作コレクション〜

紳士で悪魔な大富豪 《キャロル・モーティマー・コレクション》	キャロル・モーティマー／三木たか子 訳	MP-113

ハーレクイン・ヒストリカル・スペシャル
華やかなりし時代へ誘う

子爵と出自を知らぬ花嫁	キャサリン・ティンリー／さとう史緒 訳	PHS-346
伯爵との一夜	ルイーズ・アレン／古沢絵里 訳	PHS-347

ハーレクイン・プレゼンツ作家シリーズ別冊
魅惑のテーマが光る
極上セレクション

鏡の家 《ハーレクイン・ロマンス・タイムマシン》	イヴォンヌ・ウィタル／宮崎　彩 訳	PB-404

※予告なく発売日・刊行タイトルが変更になる場合がございます。ご了承ください。

3月14日発売　ハーレクイン・シリーズ 3月20日刊

ハーレクイン・ロマンス
愛の激しさを知る

消えた家政婦は愛し子を想う	アビー・グリーン／飯塚あい 訳	R-3953
君主と隠された小公子	カリー・アンソニー／森　未朝 訳	R-3954
トップセクレタリー《伝説の名作選》	アン・ウィール／松村和紀子 訳	R-3955
蝶の館《伝説の名作選》	サラ・クレイヴン／大沢　晶 訳	R-3956

ハーレクイン・イマージュ
ピュアな思いに満たされる

スペイン富豪の疎遠な愛妻	ピッパ・ロスコー／日向由美 訳	I-2843
秘密のハイランド・ベビー《至福の名作選》	アリソン・フレイザー／やまのまや 訳	I-2844

ハーレクイン・マスターピース
世界に愛された作家たち
～永久不滅の銘作コレクション～

さよならを告げぬ理由《ベティ・ニールズ・コレクション》	ベティ・ニールズ／小泉まや 訳	MP-114

ハーレクイン・プレゼンツ作家シリーズ別冊
魅惑のテーマが光る
極上セレクション

天使に魅入られた大富豪《リン・グレアム・ベスト・セレクション》	リン・グレアム／朝戸まり 訳	PB-405

ハーレクイン・スペシャル・アンソロジー
小さな愛のドラマを花束にして…

大富豪の甘い独占愛《スター作家傑作選》	リン・グレアム 他／山本みと 他 訳	HPA-68

文庫サイズ作品のご案内

◆ハーレクイン文庫…………………毎月1日刊行
◆ハーレクインSP文庫…………毎月15日刊行
◆mirabooks……………………毎月15日刊行

※文庫コーナーでお求めください。